FICHA CATALOGRÁFICA

(Preparada na Editora)

Fernandes, Paulo Cezar, 1960-

F41p   *Paulo de Tarso - o médium do Cristo* / Paulo Cezar
Fernandes. Araras, SP, IDE, 1ª edição, 2022.

304 p.

ISBN 978-65-86112-27-6

1. Espiritismo. I. Título.

CDD -133.9

-133.901 3

Índices para catálogo sistemático

1. Espiritismo 133.9
2. Vida depois da morte: Espiritismo 133.901 3

PAULO DE TARSO

ISBN 978-65-86112-27-6
1ª edição - março/2022

Copyright © 2022,
Instituto de Difusão Espírita - IDE

Conselho Editorial:
Doralice Scanavini Volk
Wilson Frungilo Júnior

Produção e Coordenação:
Jairo Lorenzeti

Revisão de texto:
Mariana Frungilo Paraluppi

Capa:
Samuel Carminatti Ferrari

Diagramação:
Maria Isabel Estéfano Rissi

INSTITUTO DE DIFUSÃO ESPÍRITA - IDE
Av. Otto Barreto, 1067
CEP 13602-060 - Araras/SP - Brasil
Fone (19) 3543-2400
CNPJ 44.220.101/0001-43
Inscrição Estadual 182.010.405.118
www.ideeditora.com.br
editorial@ideeditora.com.br

Todos os direitos reservados. Nenhuma parte desta publicação pode ser reproduzida, armazenada ou transmitida, total ou parcialmente, por quaisquer métodos ou processos, sem autorização do detentor do copyright.

SUMÁRIO

PREFÁCIO 9

EPISÓDIO 1
"O HOMEM" • *Tarso* 21

EPISÓDIO 2
"O FARISEU" • *Jerusalém* *33*

EPISÓDIO 3
"O CONVERTIDO" • *Jerusalém* 56

EPISÓDIO 4
"O NOME ROMANO" • *Paphos - Chipre* 73

EPISÓDIO 5
"O IMITADOR DO CRISTO" • *Derbe-Listra* 89

EPISÓDIO 6
"O DEFENSOR DA LIBERDADE" • *Filipos -*
Tessalônica 102

EPISÓDIO 7

"O FILÓSOFO DO SENHOR" • *Athenas* 123

EPISÓDIO 8

"O PREGADOR DA VERDADE" • *Corinto* 143

EPISÓDIO 9

"A ESCOLA DE MÉDIUNS DE ÉFESUS" •
Inspirado pelo Espírito Heráclito de Éfesus 164

EPISÓDIO 10

"DESPERTANDO TALENTOS ESPIRITUAIS" •
Inspirado pelo Espírito Heráclito de Éfesus 186

EPISÓDIO 11 - "O VENCEDOR DE SI MESMO" •
Trôade/Mileto/Éfesus/Cesareia/Jerusalém 202

EPISÓDIO 12 - "O TESTEMUNHO DE AMOR" •
Jerusalém 217

EPISÓDIO 13

"O DOUTOR DA LEI" • *Cesareia* 234

EPISÓDIO 14

"A CONQUISTA DO REINO" • *De Cesareia
a Malta* 253

EPISÓDIO 15

"NOS BRAÇOS DO SENHOR" • *Inspirado pelo
Espírito Heráclito de Éfesus* - Roma 272

PREFÁCIO

AO SER CONVIDADO, em novembro de 2018, para escrever um livro sobre Paulo de Tarso, o apóstolo escolhido por Jesus de Nazaré para divulgar Seus ensinamentos nas principais cidades do Império Romano, embora eu soubesse do enorme desafio que enfrentaria diante da grandeza do personagem e da sua importância na História Ocidental, tendo aceitado o desafio, iniciei uma pesquisa sobre o homem, constatando, logo de início, que o campo de trabalho era imenso e de variada bibliografia, pois o interesse sobre sua vida e suas obras extrapolava o terreno da religião, uma vez que sua experiência moldou tanto a filosofia quanto a cultura do Ocidente por meio do Cristianismo que ele ajudou a fundar.

Entrementes, jamais poderia imaginar a

modificação que essa jornada realizaria em mim e em minha família, pois, logo em seguida ao contato do amigo editor Jairo Lorenzeti, meu filho Octávio, membro de uma empresa júnior na universidade onde estuda, seria aprovado para um intercâmbio acadêmico-profissional de dois meses no Egito. Dil, minha esposa, justificadamente preocupada com o clima político daquela região, foi quem recebeu a inspiração que me sugeriu acompanhá-lo até lá, e esperar pelo seu regresso realizando uma pesquisa de campo pelas cidades percorridas pelo apóstolo na Grécia, Chipre, Turquia e Israel.

A desafiadora ideia exigiria, no entanto, recursos financeiros com os quais não contávamos no momento, mas que foram, de maneira inesperada e repentina, supridos exatamente naqueles dias. Diante dessa conspiração favorável, que interpretei como uma aprovação do meu Espírito Protetor para a realização do empreendimento, mais feliz ainda fiquei quando acabei por convencer minha companheira de vida a enfrentarmos juntos esse desafio, apesar de a guerra civil na Síria ser uma constante ameaça à nossa tranquilidade.

Assim, depois de muitos estudos de historiadores e exegetas dos *Atos dos Apóstolos* e dos textos evangélicos, tendo debatido com meu filho mais velho, Rômulo, um mestrando em filosofia, sobre um pouco da história do Império Romano e o atual contexto geopolítico de toda a região da Grécia e do Oriente Médio a ser por nós percorrida, preparamo--nos para a longa viagem. Como Octávio teria uma conexão na Itália, resolvemos levar também a Beatrice e programamos um pequeno giro por Lisboa, Paris e Roma, depois do qual seguimos para o Cairo. Após visitarmos os principais pontos turísticos da Capital do Egito e da cidade de Alexandria, realizando uma pequena investigação em alguns poucos locais de interesse dos cristãos, onde, segundo a tradição, moraram José, Maria e o menino Jesus, fugidos do infanticida Herodes Ascalonita, partimos, eu, Dil e Beatrice para Athenas, por onde iniciamos nossa pesquisa em busca da memória de Paulo de Tarso. Tendo ficado conosco uma semana na Capital da Grécia, Beatrice retornou para o Brasil, e seguimos, Dil e eu, nossa peregrinação por mais dois meses, percorrendo, por terra, mar e ar, 35 cidades nos territórios da Grécia, Turquia, Chipre, Israel e Itália, totalizando 35.500 quilômetros desde que deixamos nossa casa no interior de São Paulo.

Apesar da minha formação cristã desde o berço, nunca fui muito interessado no discípulo Paulo de Tarso, talvez porque também guardasse dele certa mágoa inconsciente por ter figurado, no início do Cristianismo, como um ferrenho perseguidor dos apóstolos. Embora admirasse a radical conversão que ele realizou ao passar de violento inimigo para fiel seguidor de Jesus, eu conservava um certo preconceito contra esse apóstolo rejeitado, de modo que sempre dediquei muito tempo aos estudos do Evangelho de Mateus e à vida do Profeta de Nazaré e muito pouco ao livro *Atos dos Apóstolos* e às *Epístolas de Paulo.*

O meu verdadeiro interesse pelo Apóstolo dos Gentios só surgiria mesmo após conhecer as obras de Allan Kardec e depois de me dedicar aos estudos de filosofia acadêmica, para melhor conhecer a Doutrina Espírita, quando passei a ter alguma noção do refinado pensador que ele é. Entretanto, foi com a primeira leitura do livro *Paulo e Estêvão,* psicografado por Francisco Cândido Xavier junto do Espírito Emmanuel, que meu interesse despertou para os estudos do Cristianismo Primitivo e da história de Paulo de Tarso.

Depois de 35 anos mediando conflitos como advogado e jurista, conheço bem as dificuldades que a maioria das pessoas têm de modificar o seu modo de pensar. Convivendo, desde criança, com vizinhos e amigos de diferentes confissões cristãs, e mesmo da vertente afro-brasileira, conheço também o apego que temos às nossas tradições, comunidades e igrejas, inclusive os espíritas. Assim, apesar do preconceito contra o apóstolo, intrigava-me sobremaneira a reviravolta que ele realizara em sua vida pessoal, profissional e, sobretudo, religiosa, a partir simplesmente de uma visão do Espírito Jesus na Estrada de Damasco.

Sinceramente decidido a também mudar meu estilo de vida há dez anos, quando empreendi uma jornada de estudos pela Índia e constatei as significativas diferenças de concepções existenciais daquele povo, aproveitei a motivação apresentada pelo novo convite literário e me lancei na aventura de buscar pela história do famoso líder religioso, percorrendo alguns dos locais por onde ela foi escrita. Apesar de ter plena consciência de que não seriam as pedras dos monumentos ou as belíssimas esculturas de mármore daquele período, conservadas em riquíssimos acervos nos museus e sítios arqueológicos, que me mostrariam o espírito de Paulo de Tarso, tinha esperança de que alguma coisa pudesse ter sido guardada no modo de vida das próprias pessoas, suas conterrâneas.

A primeira grande frustração foi a impossibilidade de visitar a cidade de Damasco, Capital da Síria e importante cidade nessa história, uma vez que esse país se encontrava numa guerra civil de dramáticas consequências para sua população e para a estabilidade política da região. Notícias dramáticas chegavam todos os dias, e os registros fotográficos do genocídio daquela população e dos milhões de refugiados cortavam o nosso coração, além de ser uma constante ameaça à nossa segurança na viagem, pelo interesse de outras nações no conflito, tradicionalmente belicosas, especialmente a Rússia e a Turquia, assim como, evidentemente, Israel, por onde também peregrinaríamos.

Desde os primeiros estudos refletindo sobre a vida do apóstolo, a primeira pergunta que me vinha era: o que aconteceu com o magistrado Saulo de Tarso que o levou a tamanha e tão abrupta mudança? Teria sido somente pelo fato de ele haver testemunhado a ressurreição de Jesus na Estrada de Damasco, ficado cego e, logo em seguida, recuperado a visão por atuação de um médium, Ananias? Só esses fenômenos mediúnicos seriam suficientes para convencê-lo a abandonar suas ideias a fim de viver em função de outra pessoa, que ele conheceu somente depois de falecida? Mas, conforme relatam os quatro Evangelhos, diversas pessoas testemunharam a ressurreição desse Espírito e conviveram ainda alguns dias com Ele, além de diversas outras que foram ainda curadas, sem que modificassem em nada o seu modo de vida. Por que Saulo de Tarso se transformou no apóstolo Paulo?

Definitivamente, devia haver algo mais naquele homem obstinado por um livro, a Lei de Moisés, que o levaria a, depois de conhecer o Espírito Jesus, tornar-se o defensor mais corajoso e dedicado do novo modo de vida inaugurado por esse obscuro Profeta da Galileia. E, sem dúvida alguma, havia. Cumpria a mim, portanto, descobrir quais eram os atributos do caráter desse ser humano que o fizeram mudar a história da humanidade, mediante uma Filosofia e uma Doutrina por ele estabelecidas sobre os princípios morais e teológicos trazidos pelo humilde Nazareno, naquela insignificante região do mundo cultural greco-romano, a Palestina, este mesmo pequeno pedaço de chão que, ainda hoje, é uma terra em chamas a nos causar tanta indignação, pelas constantes violações dos Direitos das Gentes, os mesmos defendidos por Paulo de Tarso há dois mil anos, em nome de Jesus, com a própria vida.

O mais incrível na história de Paulo de Tarso é que ela não mostra simplesmente a conversão de um jovem doutor das leis judaica e romana que era um ferrenho combatente da heresia cristã e que, após um encontro com o Espírito ressuscitado do seu fundador, recentemente executado por seus pares judeus, modificaria completamente o seu entendimento sobre alguém condenado e morto pelo seu próprio Tribunal. O que mais me impressionava era que esse encontro produziu tamanha transformação, que Paulo não apenas mudou a sua convicção religiosa, mas perdeu a própria família, a profissão e seus amigos; mudou seus hábitos, sua vida! Reformou-se inteiramente como pessoa, a ponto de, se antes ele desejava matar os seguidores de Jesus, agora entregava feliz a sua vida em favor deles, justificando-se até a morte para ser reconhecido como verdadeiro apóstolo do Cristo.

Compreender Saulo de Tarso como um cidadão comum do seu tempo, se é que ele pode ser considerado um cidadão comum, não é uma tarefa fácil para o mundo contemporâneo. A vida daqueles que fogem à normalidade mediana dos comportamentos sociais não é de fácil compreensão, especialmente num momento da humanidade determinado pelo utilitarismo das nossas relações com as coisas e, infelizmente, também com as pessoas. Por isso, esse personagem é, ainda hoje, muito incompreendido e alvo de injustas análises. Muitos críticos o acusam de ser o responsável por uma doutrina geradora de todos os desmandos praticados nesses dois milênios pelas instituições católica e protestante. Outros também o acusam, injustamente, de misoginia.

Assim, é muito difícil compreender a virada existencial realizada por Saulo de Tarso, que o transformaria num dos personagens mais conhecidos da história. Mesmo para aqueles devotos mais destacados de um Cristianismo que tem em Jesus a encarnação do próprio Verbo de Deus, ou mesmo do próprio Deus, é difícil entender como é possível extrema modificação de vida tal como a realizada por Paulo. A maioria das pessoas comuns não se sente capaz de igual feito, como muitas outras testemunhas oculares de Jesus também não o foram. Os materialistas acadêmicos o tratam como esquizofrênico, enquanto os cristãos mornos o têm por radical.

Minha maior surpresa foi descobrir em Paulo de Tarso, além de um ser humano de fé verdadeira, o que já seria de se admirar, também um refinado filósofo helenista e um arguto doutor da Lei Romana. Constatar que ele nascera numa região prenhe de Filosofia, a Ásia Menor, berço dos mais famosos pensadores do período pré-socrático como Pitágoras, Tales e Heráclito de Éfesus, provocou ainda mais meu interesse em desvendar o elevado caráter intelectual de suas realizações. Qual seria a Ética de Paulo de Tarso, a sua perspectiva de vida como cidadão do mundo?

Um famoso escritor contemporâneo, biólogo por formação e ativista ateu por convicção, Richard Dawkins, afirma em seu livro *Deus, um Delírio* que um dos fatores que mais impedem as pessoas religiosas de enxergarem o seu equívoco teísta é a incapacidade de abandonarem a sua religião familiar. Esse autor se esqueceu de Saulo de Tarso, pois este não apenas mudou os fundamentos da sua fé, mas tudo o que dizia respeito à sua antiga personalidade. Ele abandonou seu *status* profissional de magistrado da suprema corte religiosa hebraica, para voltar a abraçar uma profissão humilde exercida na sua adolescência, a de tecelão, perdendo, por conseguinte, toda e qualquer relação social e familiar que fosse determinada exclusivamente por seu invejado estatuto profissional como doutor da Lei.

É exatamente essa capacidade de modificação profunda que mais me atrai no apóstolo, e com a qual me identifico. Contrariando Dawkins, eu também já mudei três vezes de prática religiosa e de profissão, embora esteja muito longe de equiparar minha condição existencial à do ex-magistrado, ex-tecelão, ex-perseguidor e fiel discípulo do Cristo, Paulo de Tarso. A minha busca é por tentar encontrar o que ele viveu a partir daquele encontro inesperado com Jesus na Estrada de Damasco, que lhe deu forças para modificar-se integral e radicalmente, a ponto de confessar abertamente sua fraqueza como homem e, no entanto, testemunhar sua força como Espírito.

A sua humanidade me conquista quando confessa praticar ainda o mal que não quer para si e não realizar o bem que deseja; quando demonstra plena consciência de não ser digno de ser chamado apóstolo, mas agradecer ao Criador o crente que já era; quando se reconhece discípulo do Cristo não por concepção natural, mas abortiva, o que o obrigou a desdobrar-se em esforços para sobreviver e frutificar como cristão. Apesar de tudo isso, a condição por ele alcançada no final de sua jornada, afirmada sem quaisquer rebuços de uma falsa humildade, é o que mais me desperta admiração, pois ele assume não mais existir em si, nem por si, mas por trazer o Cristo vivo dentro de si.

É por este Paulo que busco para tentar modificar aquilo que eu sei ainda não se aproximar do nosso modelo comum de Ética, que é Jesus de Nazaré. Paulo conheceu pessoalmente apenas o Espírito do seu Mestre e, não obstante, compreendeu de imediato, como nenhum outro apóstolo que com Ele conviveu durante três anos, ser este humilde Profeta o Messias, o Salvador universal. Por isso, na sua honestidade religiosa, não apenas procurou divulgá-lo, mas viveu uma condição existencial na qual procurou imitá-lo.

Eu me conheço o suficiente para saber que não me seria possível sequer uma imitação de Paulo de Tarso, quiçá do Cristo. Mas já ouso inspirar-me na sua conversão. É só por isso que me dispus a essa difícil tarefa de apresentá-lo aos meus filhos, único público por mim ambicionado, como medida preventiva para um futuro que seguramente lhes será espiritualmente desafiador. Hoje, eu sei que o apóstolo, apesar de toda dor e sofrimento injustamente suportados, gozou também uma felicidade inaudita no mundo ao entregar sua vida a Jesus. É essa experiência de Paulo com o Evangelho que busco também realizar na minha própria vida, e a maior herança que ambiciono deixar como o verdadeiro tesouro que se pode encontrar neste mundo.

Eu e minha esposa somos antigos companheiros de um grupo de jovens católicos e, mesmo tendo abraçado os estudos espíritas há vinte e cinco anos, jamais poderíamos imaginar que essa ousada jornada transformaria de modo significativo nossa existência, ao tornar-nos íntimos do personagem cujo nome me foi atribuído por meus pais sessenta anos atrás. Nossa recompensa não veio da visita aos belíssimos locais onde ele ajudou a construir a memória do Cristianismo, mas sim das manifestações de devotada fé, tanto dos cristãos ortodoxos na Grécia quanto das pessoas simples do interior da Turquia, cuja prática do Islamismo lhes permite, cinco vezes ao dia, interromperem todas as suas atividades para endereçar o seu pensamento ao Criador. Conviver alguns dias com essas duas populações de uma calma e gentileza destacadas, comprovou para nós que, de fato, Deus está em todos os lugares, cuidando de todos os Seus filhos.

Episódio 1

"O HOMEM"

Tarso

"AOS PÉS DO TAURO eu nasci! A infância no Tauro eu brinquei! Do Tauro fiz meu caminho! No Tauro profetizei.

Contemporâneo do Cristo, tal qual Ele eu vivi: hebreu, filho de hebreus, com orgulho sustentei meu nome judaico, Saul, igual ao primeiro rei.

Nasci Saulo em Tarso, metrópole capital, rica província romana da Cilícia ocidental. Do nosso porto saíam as riquezas d o Oriente que sustentavam a vida e o luxo do Ocidente.

Nosso povo era culto, fundaram uma Academia. Por isso, nossa cidade, seu comércio e seus saberes rivalizam até mesmo Athenas e Alexandria.

Tales, Anaximandro, Anaxímenes também eram da vizinha Mileto e deixaram seu pensamento até meu contemporâneo Epicteto. Este, desde Hierápolis, na montanha de algodão, refletia admirado o Tauro branco de neve, assim como ali pertinho igualmente fazia eu: ele um pensador pagão, eu sentimento judeu.

Em Éfesus, aqui ao lado, mármore polido a brilhar, Heráclito fez uma ponte com seu místico falar; e com o que ele sabia da Índia já milenar, transformou o helenismo e o seu modo de pensar.

Pitágoras, religioso, da bela ilha de Samos, em cujas praias tantas vezes eu mesmo sonhei pisando, tal qual o vizinho Eféso fez também o seu lugar; refletindo a velha Índia e o seu filosofar, elevou o misticismo a um novo patamar e fez nascer uma escola pro dom de profetizar.

Somos todos igualmente filhos da Ásia Menor, cidades onde nasceram, além do filosofar, novas escolas de música, novos modos de tocar. Embalando os pensamentos, nobre arte musical fez-se nova liturgia em cantos de devoção, transformando o sentimento em músicas de oração.

Filósofo Saulo de Tarso eu era já desde então, grego era o meu modo de ver o poder da Criação; mas porque jovem hebreu, e na religião fiel, em Jerusalém fui sentar-me aos pés de Gamaliel. Desde então, mergulhei, na mística filosofia, no elevado pensar de Fílon de Alexandria.

Hebreu que assim nasci, romano por titulação, filósofo eu me formei e debati com os pagãos.

Mas por me fazer escravo, só por livre devoção, conquistei a minha vida e, enfim, virei Cristão.

Eu sou Paulo da cidade de Tarso."

ROTEIRO:

Se desejarmos conhecer um pouco da vida de uma pessoa do nosso tempo, visitando o seu lugar e conversando com seus parentes e amigos, com sorte poderemos obter algumas informações sobre sua personalidade, seus hábitos, costumes e, quem sabe, um pouco do seu caráter.

Eu tenho um amigo, uma pessoa que me foi apresentada por meus pais há muitos anos, e que hoje resolvi conhecer um pouco melhor. A dificuldade é que ele já não vive entre nós há quase dois mil anos, nem os seus familiares, parentes ou amigos.

Embora ainda esteja de pé, sua cidade natal, infelizmente, não mais preserva os traços evidentes da sua significância histórica, do tempo em que nela viveu e cresceu. Tarso em nada mais lembra a antiga metrópole da Ásia Menor, um dos três pilares filosóficos do helenismo e fonte de riquezas para o Império Romano, onde nascera e crescera esse meu amigo chamado Saulo.

Se, naquele tempo, há mais de dois mil anos,

essa, então grandiosa, urbe da Ásia Menor recebia a visita de Cleópatra e Marco Antônio, hoje é uma pacata cidade do interior da Turquia, com sua filosofia de vida, sua religiosidade e seus costumes determinados pela prática do mais humilde e sincero Islamismo.

As suntuosas construções greco-romanas, que fizeram sua fama e mostravam sua riqueza, foram derrubadas pelos terremotos tão frequentes naquela sua instável geologia, soterrando o seu volumoso rio e destruindo o seu porto, fonte da sua então destacada economia.

Nada na obscura Tarso de hoje me auxiliava a descobrir os menores traços da personalidade do famoso apóstolo que lá viveu dois mil anos atrás. Mesmo assim, fui para lá. Não existem resquícios da sua filosofia helenista nem da sua religião hebraica. Não há, tampouco, qualquer traço da outra religião que ele ajudou a fundar, o Cristianismo. O único prédio destinado a essa sua memória, a igreja de São Paulo, não passa de uma bela construção em estilo romano ainda preservada, mas que, por ordem oficial, funciona apenas como um pequeno e insignificante museu, que guarda poucos pedaços de mármore das outrora suntuosas colunas greco-romanas e seus capitéis, sendo proibidos quaisquer cultos ou encontros litúrgicos.

A atual Tarso guarda ainda o seu maior tesouro, que é o seu povo. Herdeiro das tradições e dos costumes resultantes de uma cultura milenar dos antigos impérios hitita, macedônio e romano, e de uma religiosidade que já foi pagã, judaica e cristã, sua população revela uma doçura e gentileza sintetizadas pelo mais genuíno sentimento religioso islâmico, que faz ainda mais destacada a dignidade dos seus cidadãos, além de nos propiciar uma culinária exuberante e rica.

Sem dúvidas, Tarso não é mais a cidade de Saulo, mas eu ainda pude senti-lo por lá. Apesar dos seus edifícios atualmente negarem um teto ao Apóstolo dos Gentios, o seu povo honra, mediante sua dignidade islâmica, os esforços por ele realizados em toda aquela vasta região em nome do Cristo, seguramente inspirados pelo prestígio que o Profeta Mohamed tributa em seu Sagrado Alcorão ao Profeta Jesus.

Assim, embora sua presença atualmente seja muito mais percebida fora do seu lugar, Saulo continua, sim, em Tarso, nos artesãos e também nos magistrados; na sua culinária magnífica, mas, sobretudo, numa ética universal que alcança seus atuais conterrâneos, constituída também na Moral do Cristo, que ele, com tanto sacrifício, fez chegar até sua cidade.

Mas foi no convite honroso que seus irmãos de Tarso recebem cinco vezes ao dia que eu mais pude senti-lo, através da transcendente melodia do canto devocional islâmico, para igualmente exercerem uma força que nele sempre abundou, a fé, pouco me importando a vestimenta que ela hoje ostenta.

Para meu socorro, apesar das carências de atuais relações pessoais do meu amigo com sua cidade, pude encontrar nele mesmo, em alguns testemunhos seus, seu orgulho por ela e pelo seu passado de glória, pois ele mesmo afirma:

"Eu sou, por ofício, fabricante de tendas." (At 18,3);

"Sou judeu, natural de Tarso, cidade não insignificante da Cilícia." (At 21,29);

"Eu sou um cidadão romano de nascimento." (At 22,27-28);

"Fariseu, filho de fariseus." (At 23,6);

"Eu sou israelita, da descendência de Abraão." (Ro 11,1)

"Circuncidado ao oitavo dia, da linhagem de Israel, da tribo de Benjamin; hebreu dos hebreus, quanto à lei fui fariseu." (Fl 3,5-7)

"A minha vida, pois, desde a mocidade, o que tem sido sempre entre o meu povo e em Jerusalém, sabem-na todos os judeus, pois me conhecem desde o princípio e, se quiserem, podem dar testemunho de que, conforme a mais severa seita da nossa religião, vivi fariseu." (At 26,4);

"E, na minha nação, excedia muitos da minha idade em judaísmo..." (Gl 1,14)

A melodia mais cristalina, que melhor me dá a conhecer este meu amigo, vem, além da sua própria fala, dos ecos de uma consciência que impulsionaram suas obras, as quais revelam, ainda mais eficientemente que suas palavras, o seu caráter elevado por traços de humildade, e que o impedem de evidenciar suas grandiosas realizações literárias, filosóficas e religiosas, como frutos exclusivos de seu próprio gênio.

Verdadeiro profeta que era, ele antevia essa necessidade de conservar, até o fim da sua jornada terrena, o seu caráter humilde, pois sabia que até mesmo das suas obras mais inequívocas os seus pósteros iriam duvidar, pois, se atualmente nos é impossível questionar aquilo que nossos olhos constatam das obras do Saulo, a leviandade faz com que ainda duvidemos dos motivos pelos quais ele as realizou.

Neste sentido, enquanto homem do mundo e nele vivendo, não obstante já ter conseguido vencê-lo, Saulo de Tarso não foi exceção, pois, apesar dos registros históricos dos seus feitos, do testemunho grafado em suas missivas, a atestarem sua distinção enquanto ser humano, a história desses quase dois mil anos revela que a força que mais pesou sobre este Espírito foi a da iniquidade.

Não é sem motivos que essa injustiça pesa sobre ele, uma vez que esse vício humano, numa intensidade ainda maior, massacrou a existência de outro Filho do Homem mais admirável do que o próprio Saulo. Esse outro homem o inspirava e, embora exemplificasse uma vida humana já perfeita e um modelo autodivinizado de existência, padeceu ainda mais que meu amigo. Ninguém suportou tanta iniquidade quanto Jesus, o Mestre do Saulo, e unicamente pelo qual este próprio existiu com dignidade para fazer parte da história.

Só a existência de Jesus pode justificar a existência de Saulo como um verdadeiro mestre humano. Não fosse a revelação que o Mestre, então inimigo, proporcionou-lhe, de modo inequívoco, na aridez da estrada pedregosa que o conduzia à cidade de Damasco, onde visava realizar seu maior crime ao prender, processar, julgar e executar os herdeiros do seu inimigo Jesus, Saulo jamais teria se transformado em Paulo.

Saulo de Tarso já existia independentemente de Jesus, e continuaria existindo, seguramente, até muito melhor aos olhos comuns, não fosse a revelação divina que aquele seu inimigo para ele realizou. Paulo de Tarso só existe porque existiu Jesus de Nazaré, o verdadeiro Autor do homem que ficou conhecido como o apóstolo dos Povos.

Se os testemunhos são tão desprezados na atualidade, porém ressaltando com justiça que nem todos, não se pode desprezar as confissões de uma pessoa que, exatamente por causa da sua palavra, caminhou obstinadamente para a justificação do seu testemunho mediante a própria morte. A história louva o surgimento da Ética de Sócrates como fundador, ao lado da Ética de Jesus, da própria moralidade Ocidental e, no entanto, levianamente despreza o testemunho de Paulo de Tarso, gravado com tinta escarlate do seu próprio sangue dezenas de vezes derramado pela iníqua violência humana, não em nome próprio, mas para dar testemunho daquele outrora inimigo, o Cristo Jesus.

Porque, escrita por Homens vencedores, a história quase nunca é justa para com aqueles que se distinguem da normalidade. No entanto, o meu amigo tornou evidente a sua incomparável distinção exatamente por mostrar-se, em todo o tempo, gozando uma felicidade inaudita no mundo, apesar de suportar enorme injustiça da parte dos homens, na realização daquelas suas obras de amor. E essa injustiça era ainda mais cruel, pois ele trabalhava não para si, mas para o seu Mestre, representado naqueles pequeninos ainda mais flagelados pelos poderosos do mundo, marginalizados, aniquilados e absolutamente ignorados pela história, e, no entanto, defendidos por Paulo com a própria vida.

Os indiferentes, tal como fazem sempre diante de uma condição humana que jamais conseguirão realizar, acusam-no com desdém: louco! Assim tem sido e assim será ainda por muitos milênios neste planeta de insana normalidade existencial. Todo aquele que se distingue da imensa maioria dos seres humanos, normalizados que somos pela ignorância de um estado espiritual que nos envolve e que extrapola os muros da prisão mundana, uma vez que não conseguimos alcançar a sua elevada condição espiritual, ressentidos, rotulamos como "louco!".

Não foi por outro adjetivo que os atormentados da "caverna" de Platão trataram como insano aquele homem distinto que os abandou e que, por inaudita fé, pode alumbrar-se numa ideia e mais esclarecida condição humana. Não foi sem motivos que o ateu Friedrich Nietzsche deduziu a moral dos cristãos como sendo, não a do perdão, mas a do ressentimento.

Assim é a nossa condição existencial no mundo, a de homens das cavernas aprisionados e obscurecidos pela total ignorância em relação à nossa realidade espiritual. Até que, por um aparente paradoxo, a vida material atinja o inexorável ponto máximo de tensão, e, porque determinada por uma harmonia espiritual perfeita, a dor nos force à ruptura das nossas masmorras existenciais, que é o momento em que alcançaremos algum esclarecimento sobre a nossa realidade de seres imortais.

A distinção entre Saulo de Tarso e nós é que quem rompeu as masmorras da sua orgulhosa prisão foi o próprio Mestre Jesus, enquanto a nossa cadeia é rompida quase sempre pelo sofrimento. Sua profunda modificação existencial a partir daquele encontro com o Cristo na aridez da estrada de Damasco, no seu momento de maior insânia, é paradigma humanitário, não para conversão espetaculosa do semelhante, mas para nossa autorrealização como seres infinitos, quando vivenciamos, enquanto humanidade, nosso momento da mais absoluta esterilidade espiritual. Ao lhe tirar pessoalmente a visão e ao restituí-la por intermédio do humilde Ananias, Jesus forneceu a Saulo as condições para ele próprio realizar a sua libertação. Foi assim que ele se transformou num exemplo de racionalidade e de fé para todos aqueles que têm fome e sede de justiça.

Como pecador consciente, ele se esforçou ao extremo para, em apenas trinta anos, eliminar o Saulo de Tarso e entregar-se a nós como o amigo Paulo. Na chuva, no frio cortante das neves do seu amado Tauro, sob a tortura nefasta dos açoites religiosos, na doença febril ao relento, na dor da perda familiar e sob a mais cruel injustiça humana, ele conheceu profundamente a si mesmo e pôde realizar a Virtude, credenciando-se ao gozo de uma felicidade plena no mundo, a bem-aventurança prometida pelo Cristo Jesus a todos aqueles que abandonam seus pesados fardos existenciais e que, finalmente cansados das armadilhas de uma vida excessivamente material, entregam-se ao Seu suave e perfumado jugo de Amor.

Episódio 2

"O FARISEU"

Jerusalém

POUCOS PERSONAGENS da história da cristandade, além do próprio Jesus de Nazaré, são motivo de tantos e controvertidos debates quanto Saulo de Tarso. Desde suas primeiras aparições no livro sagrado da tradição cristã, *Atos dos Apóstolos,* e nas suas diversas epístolas, ele suscita diferentes opiniões a seu respeito. Em apenas um ano desde que fez sua primeira aparição como homem público, passou de virulento inimigo de Jesus e dos seus primeiros discípulos a fiel seguidor do Profeta de Nazaré, por Ele oferecendo-se ao holocausto durante toda a sua vida.

A sua ofensiva contra o Cristianismo foi tão intensa no primeiro ano do surgimento desta religião que, mesmo depois de sua inequívoca conversão, Saulo de Tarso foi rejeitado pelos amigos de Jesus, figurando, durante quase toda a sua longa vida apostolar, como um discípulo espúrio e lutando com todas as suas forças e fé para ser aceito como um vaso escolhido diretamente pelo divino Profeta para manifestação da Sua vontade. Esta é a história singular de um moço que, a partir de um único encontro com um Espírito, realizaria a mais completa modificação de sua própria vida e da de milhões de pessoas.

A odienta relação de Saulo de Tarso com Jesus de Nazaré, que poderia ser considerada de início como fruto apenas de preconceito religioso, deve-se ao fato de o Profeta ter sido condenado e executado em crucificação como um fora da Lei qualquer por ordem do Sinédrio, o supremo tribunal religioso e político da sua nação, no qual o jovem Saulo havia sido empossado como um doutor da Lei. Saulo de Tarso tomou para si as dores de sua classe sacerdotal, pois consideravam que Jesus ainda não era o grande Homem que a história viria a revelar, mas, sim, era considerado apenas um inimigo de Moisés, Profeta que deveria ser defendido por Saulo como a principal atribuição do seu cargo de magistrado.

No entanto, a ação de Saulo foi demasiadamente violenta contra os seguidores de Jesus, pois estes nunca afrontaram o Sinédrio como o fizera aquele desconhecido Profeta, não por ofensa aos ditames da Lei de Moisés, que Ele mesmo afirmava ter vindo cumprir, mas unicamente por atacar os espúrios interesses de alguns de seus membros, especialmente o sumo sacerdote Caifás, que era movido pelo desprezível pecado da cupidez.

Saulo sequer conhecera pessoalmente a Jesus, pois, enquanto ele andava com a elite religiosa e cultural de Jerusalém, o Profeta optara pela companhia dos marginalizados pescadores da Galileia, peregrinando sempre pelas regiões pobres da terra de Israel. Refletindo agora, depois de dois mil anos, já mergulhados no conhecimento da sequência daquela história, esta separação territorial entre eles foi providencial para Saulo e para o próprio Cristianismo. Se os dois personagens tivessem se encontrado antes daquele confronto espiritual na estrada de Damasco, certamente haveria um desgaste irrecuperável da parte do jovem doutor, por um remorso ainda mais cruel que o impediria definitivamente de servir àquele que veio a ser o seu divino Mestre. Não cruzando antes o seu caminho, Jesus poupou Saulo de Tarso.

O jovem Saulo era o orgulho da sua família e dos seus superiores por "exceder-se em matéria de judaísmo", como ele mesmo futuramente iria confessar na sua carta aos Gálatas (Gl 1,14). Envolvido por uma desprezível política disfarçada de religião, já então adotada pela suprema corte da sua nação, constituída por sacerdotes *saduceus* e *fariseus,* na esteira da mesma hipocrisia do sumo sacerdote Caifás, que, por ter sido tantas vezes denunciado por Jesus, vingou-se criminosamente Dele, Saulo não escaparia incólume da tenebrosa atmosfera espiritual que dominava Jerusalém. Menos de um ano após a criminosa morte de Jesus, o jovem doutor da Lei caiu nas armadilhas do mesmo orgulho e da mesma vaidade farisaica, assumindo a execução de outro jovem, o pregador cristão chamado Estêvão, discípulo de Pedro e primeiro mártir do Cristianismo.

Havia algo naquele jovem fariseu que escapou das críticas que sobre ele pesavam pela sua atuação contra os seguidores do Cristo. Por tudo o que a história nos revela da formação pessoal de uma autoridade como Saulo de Tarso, por aquilo que ele próprio nos informa em suas cartas, sua verdadeira e mais autorizada autobiografia, se não desejamos ser levianos na avaliação do homem, da autoridade judaica e do apóstolo do Cristo, devemos refrear nossos impulsos iniciais de julgá-lo segundo nossos próprios preconceitos, para analisarmos sua atitude no contexto da sua formação familiar e social.

Além dos livros históricos sobre a vida de

Saulo de Tarso já mundialmente reconhecidos e colecionados em *O Novo Testamento,* atualmente podemos contar com testemunhos honestos advindos de historiadores que estão vivendo no mundo espiritual, e obtidos pela via mediúnica de reconhecidos e humildes apóstolos da Verdade Cristã. Essa realização tem sido conquistada nos últimos 162 anos por meio da ciência espírita organizada por Allan Kardec, doutrina cristã que já demonstrou, de modo inequívoco, a realidade do mundo espiritual em constante relação com os homens e a perfeita comunicabilidade entre esses dois universos.

Com esse antiquíssimo recurso epistemológico, a revelação espiritual, novos dados foram trazidos à humanidade visando ampliar o conhecimento contemporâneo sobre o Cristianismo primitivo. No romance *Paulo e Estêvão,* psicografado por um homem considerado atualmente como um novo apóstolo de Jesus, o médium Francisco Cândido Xavier, um historiador, vivendo na condição de Espírito de nome Emmanuel, esclarece o verdadeiro motivo que levou Saulo de Tarso a matar Estêvão, tal qual Caifás em relação a Jesus: a vingança pessoal.

Essa testemunha do mundo espiritual, além de confirmar que o sumo sacerdote tramou a morte de Jesus, porque o Profeta de Nazaré denunciou sua ganância ao transformar o Templo de Jerusalém numa casa de câmbio, evidenciou também que Saulo matou Estêvão porque, debatendo publicamente com o jovem pregador cristão, o jovem magistrado do Sinédrio foi humilhado no seu orgulho intelectual e na sua ambição farisaica. Com sua inspirada defesa da fé cristã, Estêvão, aquele simplório pregador de Jesus, evidenciou a superioridade dos Seus ensinos em relação à Lei de Moisés, impondo ao jovem doutor fariseu uma escandalosa derrota no primeiro debate da sua iniciante e promissora carreira.

Se nós, de posse tanto dos já reconhecidos documentos históricos quanto do testemunho historiográfico espírita, numa busca honesta pela Verdade, não desejamos ser levianos em relação à vida do jovem da cidade de Tarso, devemos criticar sua postura dentro do contexto do seu estrato social, então radicalmente determinado pela formação jurídica e religiosa. Saulo era um jovem rabino recém-empossado doutor da Lei de Moisés, a Torá, na mais alta corte religiosa do seu tempo, o Sinédrio de Israel. Intelectual excelente que era, formara-se igualmente como doutor da Lei Civil Romana, pois era "cidadão romano de nascimento" (Atos, 22,27-28). Tinha, portanto, todos os motivos para ser orgulhoso de sua posição social.

A primeira aparição de Saulo de Tarso nos evangelhos dá-se quando Lucas narra o julgamento de Estêvão no seu livro *Atos dos Apóstolos*. Acusado de heresia, uma vez que foi flagrado defendendo, em assembleia pública, que Jesus era o Messias prometido para o povo hebreu, tal como profetizado no livro de Isaias, e afrontando, portanto, a Lei de Moisés, durante o seu depoimento perante o Sinédrio, quando exaltou a verdade da encarnação do Cristo na pessoa de Jesus, defendeu-se pessoalmente o jovem pregador cristão:

> "Homens de dura cerviz, incircuncisos de coração e de ouvidos, vós sempre resistis ao Espírito? Como foram vossos pais, assim também vós! A qual dos profetas vossos pais não perseguiram? Mataram os que prediziam a vinda do Justo, de quem vós agora vos tornastes traidores e assassinos, vós que recebestes a Lei por intermédio do Espírito e não as guardastes!
>
> Ouvindo isto, tremiam de raiva em seus corações e rangiam os dentes contra ele." (At 7,51-54).

Por esse discurso, Estêvão foi sumariamente condenado, e, no momento do seu apedrejamento, este foi o comportamento do jovem mártir cristão:

"Estêvão, porém, repleto do Espírito, fitou os olhos no céu e viu a glória de Deus, e Jesus, de pé, à direita de Deus. E disse: 'Eu vejo os céus abertos, e o Filho do Homem, de pé, à direita de Deus'. Eles, porém, dando grandes gritos, taparam os ouvidos e precipitaram-se sobre ele. E, arrastando-o para fora da cidade, começaram a apedrejá-lo." (At 7,55-58)

Neste momento, Saulo de Tarso aparece na história pela primeira vez:

"As testemunhas depuseram seus mantos aos pés de um jovem chamado Saulo. E apedrejaram Estêvão, enquanto ele dizia esta invocação: 'Senhor Jesus, recebe meu Espírito'. Depois, caindo de joelhos, gritou em voz alta: 'Senhor, não lhes leve em conta este pecado'. E, dizendo isto, adormeceu." (At 7,58-60);

Continuando sua narrativa, assim informa o evangelista Lucas:

"Ora, Saulo estava de acordo com a sua execução. Naquele dia, desencadeou-se uma grande perseguição contra a Igreja de Jerusalém. Todos, com exceção dos apóstolos, dispersaram-se pelas regiões da Judeia e da Samaria. Entretanto, alguns homens piedosos sepultaram Estêvão, fazendo grande lamentação por ele.

Quanto a Saulo, devastava a Igreja, entrando pelas casas, arrancava homens e mulheres, e metia-os na prisão." (At 8,1-3);

"Saulo, respirando ainda ameaças de morte contra os discípulos do Senhor, dirigiu-se ao sumo sacerdote. Foi pedir-lhe cartas para as sinagogas de Damasco, a fim de poder trazer para Jerusalém, presos, os que lá encontrasse pertencendo ao Caminho, quer homens, quer mulheres." (At 9,1-2).

Essa narrativa de Lucas já nos mostra um pouco da personalidade de Saulo, bem como das suas atribuições profissionais como membro do Sinédrio. Sendo fato que o jovem rabino se encontrava presente durante a execução de Estêvão, tanto que, num ato de reconhecimento da sua autoridade, as testemunhas executoras daquela injusta condenação depuseram seus mantos aos pés do jovem doutor, num ritual jurídico para validação das pedradas que cumpririam aquela sentença de morte, antes de ser por nós julgado como um déspota, devemos analisar as funções do seu cargo.

Como magistrado do Sinédrio, ele estava mergulhado até o pescoço nas atribuições de um cargo com imutáveis deveres a cumprir, submetido a uma organização hierárquica e rigorosamente estabelecida sob os mais ferrenhos poderes religiosos e políticos. Quem observar a política contemporânea do Estado de Israel compreenderá um pouco melhor as determinantes influências dos partidos religiosos nas decisões dos destinos dessa Nação.

Comprovando as limitações de Saulo perante o Sinédrio, constata-se que, ao pretender dar continuidade àquela sua investigação e à repressão dos hereges cristãos, que se iniciara pela pessoa de Estêvão, o jovem doutor teve que requerer lhe fossem outorgadas, pelo sumo sacerdote, cartas de autoridade judiciária religiosa. Isso mostra que, sob as atribuições de um recém-empossado doutor da Lei, ele nada mais estava fazendo do que cumprir o seu sagrado e inquestionável dever como defensor de Moisés e funcionário do Templo. Ele poderia simplesmente abster-se desse cometimento? Sim, mas, segundo sua formação familiar e intelectual, e como

Espírito ainda orgulhoso e vaidoso, ele seria capaz dessa renúncia? Não foi!

Qualquer analista isento de preconceitos que investigue a postura do jovem doutor Saulo de Tarso na acusação contra Estêvão, e na subsequente perseguição aos adeptos de Jesus, sem dúvidas, se for, de fato, cristão, olhará para aquele jovem rabino doutor do Sinédrio, no mínimo, com um pouco mais de complacência e piedade, como olhou para ele o próprio Cristo na aridez daquela *Estrada de Damasco,* apesar de difamado e perseguido como o principal alvo da sua vingança.

Um equívoco muito comum dos seres humanos é julgar que conhece profundamente uma pessoa apenas por sua profissão, especialmente quando esta seja vinculada a uma prática religiosa. Seremos fatalmente injustos ao tentarmos identificar o caráter de uma pessoa, ou seja, os traços mais profundos da sua personalidade, de acordo com a definição do filósofo alemão Immanuel Kant, apenas por ser ela padre, pastor protestante, pai de santo, escritor espírita ou guru do Yoga. Esse preconceito é muito comum ainda na contemporaneidade, apesar de mostrar seu erro nesses dois mil anos da história daquele jovem doutor da Lei e fariseu.

Se, de fato, é possível termos indícios de alguns traços da sua personalidade pela escolha profissional, nunca, porém, teremos uma segura identificação de seu caráter exclusivamente por esta sua opção. A história de Saulo de Tarso comprova essa impossibilidade. O seu mestre, orientador espiritual e filosófico para coisas de religião, aos pés do qual ele se formou como doutor da Lei e fariseu, o sábio rabino Gamaliel, era muito mais paciente e piedoso que o seu jovem e promissor discípulo. Esse fato é testemunhado tanto por Lucas, no *Atos dos Apóstolos*, quanto por Emmanuel, o historiador espiritual, em seu livro *Paulo e Estêvão*. A postura distinta de Gamaliel perante os cristãos comprova que não foi só porque era fariseu e doutor da Lei que Saulo se tornou inimigo de Jesus e dos Seus seguidores.

Os quatro Evangelistas, Mateus, Marcos, Lucas e João, destacam que, a exemplo de Gamaliel, havia bondade também em outro rabino membro do temido Sinédrio, José de Arimatéia. Este, reconhecendo a injustiça daquela sumária condenação de Jesus, cedeu a Maria uma tumba até então reservada exclusivamente para si e para seus descendentes, a fim de que aquela flagelada Mãe pudesse sepultar, com dignidade, o seu crucificado Filho. Este fato mostra que Jesus não era inimigo declarado do Sinédrio, mas que somente alguns de seus membros assim o consideravam, por corrompidos e particulares interesses.

O comportamento de Saulo revela que ele, a exemplo de Caifás, tratou Jesus como seu inimigo, não porque o Profeta Nazareno mostrava uma forma de cumprimento da Lei diversa da compreensão farisaica e rejeitada pelo Sinédrio, mas porque, com esse comportamento, o Rabi da Galileia ameaçava sua jovem e promissora carreira, à qual dedicara toda a sua vida.

Havia algo mais no caráter de Saulo que extrapolava sua mera preocupação profissional, um traço de personalidade que contribuiu, de forma definitiva, para transformá-lo no feroz perseguidor dos cristãos e do Cristo. Este seu comportamento não decorria de maldade intencional ou de ausência de fé. Na verdade, o jovem rabino padecia da mesma deficiência das pessoas religiosas que não equilibram seus anseios espirituais com o entendimento e a razão e que, por isso mesmo, transformam essa força absolutamente natural em todo ser humano, a fé, numa potência intolerante e nefasta.

Como a sequência de sua trajetória religiosa iria demonstrar, Saulo não era mau, ao contrário, era um homem de fé inabalável, convicto da divindade de sua crença enquanto expressão da verdade. Para ele, a verdade era tudo, e ela estava com Moisés, o seu Profeta. Por isso, naquele momento, segundo ele cria, Jesus havia violado a Lei de

Moisés, e, por isso, como um seu defensor, Saulo tinha o dever de combater a Jesus. Essa era a sua fascinada lógica.

Na história das religiões, vemos inúmeros outros doutores da lei religiosa cometerem tantas ou mais injustiças que o próprio Saulo de Tarso. A tradição indiana, com seu sistema de divisão social por castas, é duramente criticada por Gandhi, o Mahatma, o qual atribui à tradição sacerdotal bramanista e à sua tendenciosa interpretação do conceito de Karma imutável a imposição política desse injusto sistema social em seu país, com a consequente grave violação dos direitos humanos naquela sociedade.

Por sua vez, a história da tradição católica não é menos trágica quanto ao cometimento de genocídios ao longo de seus dois milênios, quando, sob alegações de cumprimento do seu dever de conversão e salvação das almas, dizimou nações indígenas inteiras e queimou milhões de inocentes em praça pública. Saulo também pensava estar libertando Estêvão da heresia cristã.

Ao atentar para essa realidade da história das religiões, meu olhar para Saulo de Tarso passou a ser um pouco mais complacente, e, assim, pude identificar nele a outra face de um ser humano que lhe permitiria modificar radicalmente o seu estado de ânimo e, consequentemente, suas ações, no breve tempo de três anos, depois de um refletido e devotado autoexílio na rigidez do deserto da Síria. Os subsequentes trinta anos daquela sua existência, ele dedicou à plena redenção perante o Cristo, mediante inaudito esforço e abnegado sofrimento, exclusivamente para a divulgação da sua Divina Vontade libertadora da humanidade.

Quanto às ações do ex-doutor da Lei e fariseu, o livro *Atos dos Apóstolos* é bastante econômico. Alguns críticos afirmam que tal se dá porque esse relato foi redigido por Lucas, discípulo de Paulo, que poupou o seu mestre das acerbas críticas que a história, e o próprio ex-rabino, não pouparia. Por outro lado, tendo em vista a sua rápida conversão, a carreira de Saulo como membro do Sinédrio foi muito curta.

Não obstante essa carência de dados, conhecendo um pouco a história daquele período da humanidade em que imperava a violência oficial na execução tanto da lei civil quanto religiosa, podemos deduzir da tímida narrativa de Lucas que, mesmo no curto tempo em que atuou, a realidade imposta por Saulo aos cristãos que caíram nas suas garras foi muito dura. O Espírito Emmanuel, na obra *Paulo e Estêvão,* detalha essa mácula na vida do apóstolo, que ele lamentaria pelo resto da sua vida.

Há, no entanto, outro fator totalmente ignorado pelos historiadores e, contudo, determinante não apenas para a radical e violenta reação de Saulo ao Cristianismo, como também para a sua definitiva conversão ao apostolado cristão. Esse fator somente poderá ser compreendido por aqueles que já conhecem o Espiritismo e a sua científica explicação para radicais e abruptas mudanças de comportamento na maioria dos seres humanos, que é a mediunidade.

Como sua trajetória apostolar evidenciaria, Saulo de Tarso era portador de uma destacada faculdade mediúnica, que lhe permitiu realizar todos os fenômenos espirituais fartamente registrados no *Atos dos Apóstolos.* Esta sua destacada capacidade é comprovada desde o primeiro fenômeno espiritual ocorrido com ele na *Estrada de Damasco* e provocado pelo Espírito Jesus. Todos os companheiros de viagem de Saulo, seus soldados e escravos, constataram também mediunicamente o clarão produzido pela presença daquele glorioso Espírito. No entanto, somente Saulo ouviu as advertências do Cristo e com Ele dialogou.

O fenômeno mediúnico produzido por Jesus sem dúvida ocorreu, sendo constatado por todos os presentes, os quais, como o são todos os homens, eram também médiuns. Mas somente Saulo era portador de uma mediunidade tão destacada a ponto de lhe permitir dialogar com aquele elevado Espírito. Os estudiosos da faculdade mediúnica e seus mecanismos sabem que a comunicação de um médium com um Espírito verdadeiramente Superior como Jesus não se realiza tão facilmente, pois exige uma disciplinada vivência em busca da transcendência espiritual, em centenas de encarnações anteriores.

Como prova o Espiritismo, essa faculdade humana é tão naturalmente desenvolvida, que, conhecida e praticada na antiguidade de modo desordenado, Moisés procurou regulamentar sua prática naquela comunidade nascente, sem sucesso, no seu livro *Deuteronômio* 9, 8-14. A orientação para a mais eficiente e profícua prática mediúnica nas suas comunidades seria também uma busca constante do já convertido Paulo de Tarso.

Por ser uma faculdade natural dos seres humanos, este sexto sentido, se não educado, funcionará para o seu portador como uma injuriante pedra de tropeço. Foi isso o que se deu com Caifás e com os demais membros do Sinédrio, como também com o jovem rabino Saulo de Tarso. Um leitor atento dos Evangelhos, com conhecimento específico da mediunidade, identifica nos comportamentos das autoridades judaicas, naquele trágico momento da humanidade, influências espirituais nefastas. Tal como o próprio Jesus no deserto três anos antes, aquelas autoridades foram tentadas como instrumentos de escândalo por Espíritos levianos e milenares inimigos do Cristo. Jesus, Espírito mais evoluído, resistiu, enquanto eles caíram tristemente.

Como prova a continuidade da sua história apostolar, Saulo irá mostrar uma mediunidade tão desenvolvida que, educado o seu uso e convertidos os seus sentimentos para o Caminho do bem, além da capacidade profética, realizaria diversos outros fenômenos espirituais, tais como curas de paralíticos; restituiria a luz a cegos; livraria possessos de obsessões espirituais, e até mesmo a ressurreição de um jovem. Saulo é um apóstolo da mediunidade, pois mostrou que essa faculdade espiritual é, do ponto de vista moral, absolutamente neutra e, por isso, tem o seu uso condicionado pelo sentimento do seu possuidor, que o ligará a bons ou maus Espíritos.

Com essa nova informação a nós trazida pelo Espiritismo, qualquer leitor especializado que saiba da constante determinação do mundo espiritual sobre nossos comportamentos concluirá que, naquele momento fatídico da história, quando um profeta verdadeiramente Justo foi assassinado simplesmente por pregar o Amor, quase todos os membros do Sinédrio, e inclusive a população de Jerusalém, estavam comandados por uma legião de Espíritos trevosos. Saulo de Tarso, vaidoso, também sucumbiria tristemente a essa força. Ele mesmo, já mais experiente, como Paulo, iria lutar, não mais contra homens, mas contra potestades espirituais.

O próprio Jesus fora tentado diversas vezes por essa força espiritual, que é tão humana quanto os demais cinco sentidos. No entanto, porque já tinha realizado todas as Suas potencialidades como filho do homem e de Deus e comungado o seu sentimento com o Amor do Pai, Jesus a ela resistiu. Por isso, o Mestre nos recomenda vigilância e oração constantes para dela nos precavermos. Isso não o poupou de ser acusado, por alguns fariseus, de realizar curas espirituais auxiliado pelo Espírito Belzebu, que é, na verdade, uma legião espiritual comandada por rebaixados sentimentos.

Gamaliel e José de Arimatéia oravam e vigiavam com mais eficiência que o jovem Saulo e até mesmo que os discípulos diretos de Jesus, pois estes últimos o abandonaram apavorados no seu momento final. Por isso, esses velhos rabinos foram brandos e pacíficos com aqueles amedrontados cristãos, enquanto os discípulos debandaram, e Saulo os massacrou. Foi por essa força que o jovem doutor da Lei, impetuoso e movido pela ambição, não se precavendo contra o domínio espiritual nefasto, viu subitamente transformada a sua indignação contra o *Povo do Caminho,* numa ira incontrolável violentamente lançada sobre a memória de Jesus e seus adeptos.

Naquele triste momento da humanidade, tanto Caifás quanto Saulo de Tarso, que pensavam ser médiuns do divino Moisés, na realidade, serviram de instrumentos para Espíritos inimigos milenares de Jesus e da própria humanidade. Com suas egoístas atuações, realizaram a maior injustiça e o mais nefasto escândalo espiritual já provocado em nosso Planeta. O primeiro, por induzir toda uma população para a criminosa crucificação do Meigo Rabi da Galileia, o segundo, pela perseguição cruel aos primeiros cristãos, atitudes essas que poderiam eliminar definitivamente aquela tentativa celeste de trazer à humanidade os divinos ensinos de Amor e de verdadeira libertação.

Essa culpa hedionda que acometeria, posteriormente, aquelas autoridades judaicas no mundo espiritual, e toda a população de Jerusalém na subsequente história da humanidade, só seria reparada por aqueles mesmos Espíritos, ao suportarem os inumeráveis escândalos que se dariam "em nome do Cristo" nos milênios seguintes, nas suas futuras encarnações, na Idade das Trevas. Esse drama humano era conhecido por Jesus mediante pré-ciência da história, e entristeceria de tal modo o Meigo Rabi Galileu, que o levaria a verter, naquele horto das oliveiras, tão sentidas e sanguíneas lágrimas, ainda não redimidas integralmente pela humanidade.

Foi assim, num misto de ambição, orgulho e de culposa invigilância contra a ação dos Espíritos trevosos, milenares inimigos do Cristo que povoavam a atmosfera daquela impiedosa Palestina, que Saulo de Tarso igualmente se constituiu em um algoz da Verdade. Por seu exemplo negativo, ele demonstrou, para escândalo da sua posteridade, os tristes danos que a ignorância da nossa realidade espiritual, de seres constantemente impulsionados pelos Espíritos ao nosso lado, provoca em nossa consciência moral. Aquela dura experiência de Jerusalém lhe serviria, no futuro, para destacar essa condição humana em sua Carta aos Hebreus (12,1), alertando-nos para a constante "nuvem de testemunhas" sempre ao nosso redor.

Para a sua e a nossa própria felicidade, essas mesmas faculdades transcendentes, das quais ele era franco portador, seriam, dentro em breve, proficuamente utilizadas diretamente por Jesus, para trazê-lo de volta ao caminho estabelecido por ambos antes daquele mergulho como Espíritos encarnados na bendita e, ao mesmo tempo, perigosa Palestina.

Os inequívocos fatos espirituais, que seriam posteriormente produzidos por Jesus, utilizando-se da faculdade mediúnica de Saulo, evidenciam que havia um acordo prévio entre eles, firmado desde o mundo espiritual e antes de se reencontrarem naquela desesperadora condição na *Estrada de Damasco*. Esse pacto divino, porque "a carne é fraca", fora esquecido por Saulo no primeiro período da sua trajetória como homem de religião. No entanto, sendo um Mestre de Amor, Jesus não abandonou aquele seu equivocado discípulo e lhe permitiu resgatar, naquela mesma encarnação, os escândalos de morte por ele produzidos contra seus primeiros discípulos.

Sua redenção, naquela mesma encarnação, mostra que Saulo de Tarso não era um Espírito mau, embora inicialmente equivocado. E, porque "o Pai não quer a morte do pecador, mas a misericórdia", Jesus, exemplificando essa divina essência do Criador, num beneplácito igualmente misericordioso, manteve o seu acordo com Saulo, e iniciaram, desde aquele fundamental reencontro no deserto, um trabalho verdadeiramente divino entre um Espírito e um médium.

Jesus não desistiu de Saulo e, perdoando-o, permitiu que ele mesmo se perdoasse redirecionando toda a sua vontade para o trabalho junto daquele

Ser de bondade. Este, desejando iniciar Seu projeto de construção do Reino de Deus entre todos os Homens, carregou pessoalmente aquele jovem apóstolo como a um vaso escolhido, instruindo-o, pelos Seus caminhos, na distribuição da Sua doutrina de Amor e de redenção, transformando um médium perdido pela vaidade no manso e abnegado apóstolo dos Povos.

EPISÓDIO 3

"O CONVERTIDO"

Jerusalém

SE BUSCAMOS desvendar a vida de Paulo de Tarso e o seu enorme significado para a história do Cristianismo, devemos compreender todos os aspectos daquele primeiro encontro entre o perseguidor dos cristãos e o Espírito Jesus Cristo, na aridez daquela Estrada de Damasco.

Por toda a história cristã nesses dois milênios que sucederam àquele fenômeno espiritual no deserto da Síria, fica evidente que Jesus tinha um profundo interesse em Saulo de Tarso. É unânime entre os historiadores que o Cristianismo não se teria desenvolvido, da forma e no tempo em que ocorreu, sem a contribuição desse discípulo, que, por suas ações iniciais, foi considerado espúrio e desprezível, mas que, futuramente, revelaria ser um fiel apóstolo de Jesus para todos os povos.

Atualmente, com os recursos epistemológicos e históricos trazidos pelo Espiritismo e a sua inequívoca demonstração da reencarnação, já nos é possível saber como o Espírito Jesus de Nazaré, valendo-se de Paulo de Tarso, espalhou num curto tempo de três décadas a Sua nova Religião, alcançando imediatamente três continentes: Ásia, Europa e África.

Revelações trazidas pelo Espírito Emmanuel, na obra *Paulo e Estêvão,* mostram que esses dois personagens estavam comprometidos com esse projeto mesmo antes de mergulharem naquela existência como Espíritos encarnados, pois essa era a Vontade do Criador.

Como alertava Jesus, "a carne é fraca", e aquela nova encarnação não permitiu a Saulo de Tarso lembrar-se, de início, com plena consciência, do seu antigo compromisso espiritual com Jesus. Ao mesmo tempo, descurando a vigilância para a influência nefasta do mundo espiritual em nossos pensamentos e atos, e movido pela vaidade sacerdotal, o jovem rabino caiu nas garras de Espíritos inimigos do Cristo, avançando ferozmente contra o Salvador e Seus seguidores.

Jesus de Nazaré, por sua vez, não obstante também mergulhado numa encarnação terrena, manteve-se fiel à Vontade do Pai, porque já era um

Espírito Puro e, após ressuscitar da morte na cruz, mesmo na qualidade de Espírito, empenhou-se diretamente na realização daquele Projeto, orientando pessoalmente a todos os Seus discípulos, especialmente a Saulo de Tarso.

No entanto, Saulo era um Espírito vaidoso e orgulhoso e, negligenciando a vigilância contra esses vícios morais, foi impulsionado pela ação de Espíritos inimigos da Verdade. Por isso, sua conversão e seu determinante trabalho na divulgação daquela Boa Nova só tiveram início após o hediondo "escândalo" por ele provocado contra o nome de Jesus e a vida dos primeiros cristãos.

Não obstante o início desastroso de Saulo, Jesus contava com aquele obstinado discípulo. Por isso, num divino beneplácito, resgatou-o dos domínios daqueles Espíritos inferiores, realizando sua libertação espiritual sob o sol escaldante do deserto, trazendo de volta à sua consciência aquele compromisso de "muito sofrer em Seu nome".

É o apóstolo quem relembra este seu momento de reencontro com o Espírito Jesus, sob a narrativa de Lucas no *Atos dos Apóstolos,* capítulo 26, versículos 9 a 23:

"Quanto a mim, parecia-me necessário fazer muitas coisas contra o nome de Jesus, o Nazareu. Foi o que fiz em Jerusalém: a muitos dentre os santos, eu mesmo encerrei nas prisões, recebida a autoridade dos chefes dos sacerdotes; e, quando eram mortos, eu contribuía com o meu voto. Muitas vezes, percorrendo todas as sinagogas, por meio de torturas quis forçá-los a blasfemar; e, no excesso do meu furor, cheguei a persegui-los até em cidades estrangeiras." (At 26,9-11)

"Com este intuito encaminhei-me a Damasco, com a autoridade e a permissão dos chefes dos sacerdotes. No caminho, pelo meio-dia, eu vi, ó rei, vinda do céu e mais brilhante que o sol, uma luz que circundou a mim e aos que me acompanhavam. Caímos todos por terra, e ouvi uma voz que me falava em língua hebraica: 'Saul, Saul, por que me persegues? É duro para ti recalcitrar contra o aguilhão'. Perguntei: 'Quem és, Senhor?' E o Senhor respondeu: 'Eu sou Jesus, a quem tu persegues. Mas levanta-te e fica firme em pé, pois este é o motivo por que te apareci: para constituir-te servo e testemunha da visão na qual me viste e daquelas nas quais ainda te aparecerei. Eu te livrarei do povo e das nações gentias, às quais te envio para lhes abrires os olhos e assim se converterem das trevas à luz, e da autoridade de Satanás para Deus. De tal modo receberão, pela fé em mim, a remissão dos pecados e a herança entre os santificados." (At 26,12-18)

"Quanto a mim, rei Agripa, não me mostrei rebelde à visão celeste. Ao contrário, primeiro aos habitantes de Damasco, aos de Jerusalém e em toda a região da Judeia, e depois aos gentios, anunciei o arrependimento e a conversão a Deus, com a prática de obras dignas de arrependimento. É por causa disso que os judeus, tendo-se apoderado de mim no Templo, tentaram matar-me. Tendo alcançado, porém, o auxílio que vem de Deus, até o presente dia continuo a dar o meu testemunho diante de pequenos e de grandes, nada mais dizendo senão o que os Profetas e Moisés disseram o que havia de acontecer: que o Cristo devia sofrer e que, sendo o primeiro a ressuscitar dentre os mortos, anunciaria a luz ao povo e aos gentios." (At 26,19-23)"

O Espiritismo, esta ciência organizada pelo pedagogo francês Allan Kardec, esclareceu plenamente os mecanismos da mediunidade e das curas espirituais, tais como a que Jesus realizou em Saulo de Tarso naquele rápido encontro no deserto. *O Livro dos Médiuns* demonstra que a magna eficiência libertadora de uma vítima do jugo de Espíritos trevosos pode se dar mediante a simples presença de um Espírito verdadeiramente elevado. Este fenômeno, chamado por Allan Kardec desobsessão espiritual, ocorre em virtude da autoridade moral já conquistada pelos Espíritos Puros, de cuja presença se afastam aqueles ainda rebeldes à luz da Verdade.

Jesus já tinha conquistado, havia milênios, a pureza de sentimentos, comungando plenamente com o Pai e adquirindo a máxima autoridade moral à frente de todos os demais Espíritos habitantes da Terra, encarnados e desencarnados. Tanto assim é que, poucos meses antes do encontro com Saulo de Tarso, Ele demonstrou sua capacidade de cura espiritual ao libertar um jovem endemoniado, atendendo às rogativas de um pai desesperado que acabava de constatar a impotência dos Seus discípulos para aquela realização.

Em Saulo de Tarso abundava a força da fé! A postura equívoca que o mantivera vinculado aos Espíritos do Mal que dominavam a atmosfera de

Jerusalém naquele triste período da história, foi valer-se de uma fé dogmática, e de uma autoridade meramente humana, na sua equivocada defesa da Lei de Moisés em frente dos aterrorizados cristãos. Com essa postura, ele ficou prisioneiro desses Espíritos, até que Jesus nele realizasse aquela humilhante, mas libertadora, experiência mediúnica às Portas de Damasco.

A presença do Cristo junto de Saulo de Tarso, naquele deserto, afastou, temporariamente, os Espíritos levianos que o dominavam, permitindo que o jovem doutor da Lei abrisse seus olhos espirituais e contemplasse a Verdade do Cristo ressuscitado. O Espírito Jesus produziu um fenômeno mediúnico tão significativo que, além de o próprio Saulo conseguir vislumbrá-lo e ouvi-lo, seus acompanhantes também constataram o fenômeno, como ele testemunha em o *Atos dos Apóstolos,* capítulo 22, versículo 9:

"No caminho, pelo meio-dia, eu vi, ó rei, vinda do céu e mais brilhante que o sol, uma luz que circundou a mim e aos que me acompanhavam. Caímos todos por terra, e ouvi uma voz que me falava em língua hebraica: 'Saul, Saul, por que me persegues?' (At 26,12-18). Os que estavam comigo viram a luz, mas não escutaram a voz de quem falava comigo." (At 22,9).

Poucos meses antes desse encontro, após sua crucificação, cumprindo a promessa de reconstruir o seu "templo" em três dias, ou seja, de reorganizar, nesse curto prazo, um novo corpo espiritual, Jesus apareceu ao incrédulo Tomé, permitindo que este O tocasse, comprovando ser Ele o Cristo de Deus. Saulo de Tarso não precisou tocar em Jesus para sabê-lo vivo; sua fé era tamanha, que lhe bastou a sublime visão e audição daquele Espírito, para imediatamente atender ao seu chamado e modificar completamente o alvo da sua fé, abandonando Moisés e assumindo o exemplo daquele Cristo Jesus.

No entanto, se o fenômeno de libertação espiritual do apóstolo contou com a ação direta da Divina e da Autoridade Moral do Rabi Galileu, a continuidade da sua condição, livre de obsessões espirituais, exigiria de Saulo de Tarso o exercício máximo desta sua nova fé, além do seu resignado testemunho diante do sofrimento, que ele experimentaria em toda a sua trajetória como defensor da Verdade evidenciada no humilde Jesus de Nazaré.

Aquela primeira experiência com Jesus seria para ele um novo paradigma de vivência espiritual.

Após a lição recebida no deserto, ele passou a vigiar, com mais eficiência, o determinante assédio que os encarnados sofrem da constante "nuvem de testemunhas ao nosso redor" (Hb 12,1). Plenamente esclarecido desta nossa realidade, e mesmo tendo sido flagelado diversas vezes, derramando o seu sangue, o apóstolo iria confessar na Epístola aos Efésos, capítulo 6, versículo 12:

> "O nosso combate não é contra o sangue nem contra a carne, mas contra os Principados, contra as Autoridades, contra os Dominadores deste mundo de trevas, contra os Espíritos do Mal que povoam as regiões celestiais." (Ef 6,12).

Após a libertação do jugo de Espíritos trevosos realizada por Jesus, Saulo despertou da dominação nefasta que ele sofria enquanto autoridade no Templo de Jerusalém. O Mestre já havia ensinado aos Seus outros discípulos como resistir ao impulso de inimigos espirituais, naquele seu retiro na solidão do deserto, antes do início do seu apostolado em nome do Pai. Com o mesmo objetivo de exemplificar a necessária e constante vigilância contra essa força, Ele verteria lágrimas e suor de sangue durante suas preces no horto das oliveiras. Agora, Jesus mostrava também ao jovem rabino o que fazer para adquirir resistência contra as investidas dos Espíritos inferiores.

Saulo de Tarso e seus acompanhantes caíram em terra com a presença de Jesus. Foi nessa postura, literalmente humilhado, que ele assumiu um novo estado de Espírito e conseguiu se libertar dos sentimentos nefastos que lhe eram impostos por Espíritos trevosos enquanto era defensor da Lei. Ao ser privado da visão física, Saulo conseguiu abrir seus olhos espirituais e vislumbrar a Verdade naquele homem que, exemplificando também humildade, apresentou-se: "Eu sou Jesus, a quem tu persegues!".

Porém, não foi somente pela presença do Cristo que esse fenômeno de libertação espiritual se realizou. Foram necessárias também a imediata aceitação e a boa vontade do Espírito Saulo, agora adquiridas pela profunda queda existencial. Esta sua nova postura em humildade é demonstrada na imediata interrogação: "Senhor, que quereis que eu vos faça?".

A resposta de Jesus a Saulo constituiria a sua primeira lição. Evidenciando a força do perdão, o Mestre o encaminharia para junto dos cristãos de Damasco, facultando-lhe dar o primeiro passo no desenvolvimento do Amor aos inimigos. Ao libertá-lo daqueles Espíritos nefastos e determinar que o novo discípulo, cego, caminhasse até a cidade de Damasco e que lá aguardasse o socorro da parte dos cristãos aos quais ele buscava assassinar, Jesus delega aos inimigos de Saulo a recuperação da sua visão e a recondução da sua própria vida. Ao atender a essa temerária recomendação daquele até então odiado Jesus, Saulo de Tarso estabeleceu o modelo da verdadeira fé cristã. Discípulo fiel, ele empenharia a própria vida para divulgar duas forças espirituais, o Amor e o Perdão, como a base fundamental da Boa Nova do Cristo.

A divina pedagogia de Jesus nessa história mostra-se não apenas pela confiança Nele imediatamente adquirida pelo jovem rabino, mas também por outro personagem. Logo após recomendar a Saulo que continuasse a sua jornada até Damasco e aguardasse por socorro, no que foi atendido, Jesus apresentou-se a um velho discípulo chamado Ananias, que havia se refugiado naquela cidade exatamente para escapar do terror imposto por Saulo contra os cristãos na cidade de Jerusalém. Esta lição é relatada também por Lucas no *Atos dos Apóstolos,* capítulo 9, versículos 10 a 19:

"Ora, vivia em Damasco um discípulo chamado Ananias. O Senhor lhe disse em visão: 'Ananias!'. Ele respondeu:

'Estou aqui, Senhor!'. E o Senhor prosseguiu: 'Levanta-te, vai pela rua Direita e procura, na casa de Judas, por alguém de nome Saulo, de Tarso. Ele ora e acaba de ver um homem chamado Ananias entrar e lhe impor as mãos, para que recobre a vista.' Ananias respondeu: 'Senhor, ouvi de muitos, a respeito deste homem, quantos males fez a teus santos em Jerusalém. E aqui está com autorização dos chefes dos sacerdotes para prender a todos os que invocam o teu nome'. Mas o Senhor insistiu: 'Vai, porque este homem é para mim um instrumento de escol para levar o meu nome diante das nações gentílicas, dos reis e dos israelitas. Eu mesmo lhe mostrarei quanto lhe é preciso sofrer em favor do meu nome.' Ananias partiu. Entrou na casa, impôs sobre ele as mãos e disse: 'Saul, meu irmão, o Senhor me enviou, Jesus, o mesmo que te apareceu no caminho por onde vinhas. É para que recuperes a vista e fiques repleto do Espírito.' Logo caíram-lhe dos olhos umas como escamas, e recuperou a vista. Recebeu, então, o batismo e, tendo tomado alimento, sentiu-se reconfortado." (At 9,10-19).

A visão de Jesus ressuscitado e o perdão de Ananias fizeram com que o recém-convertido apóstolo iniciasse, de modo apressado, a sua pregação da Boa Nova. Entusiasmado pela descoberta da Verdade do Cristo, o jovem rabino procurou por seus antigos confrades judeus na sinagoga de Damasco, onde, corajosa e ingenuamente, pregaria pela primeira vez Sua mensagem. Saiu de lá ameaçado de morte, tendo que ser resgatado por seus novos irmãos, os cristãos, os quais, de modo vergonhoso, lançaram-no, dentro de um cesto de vime, como a um animal, por sobre as muralhas da cidade.

No entanto, após aquele inequívoco exemplo de fé do venerando Ananias, que, vencendo o temor da morte, demonstrou haver assimilado a inusitada máxima de amor ao inimigo recém-inaugurada por Jesus, Saulo de Tarso, rompendo também as cadeias do ódio determinadas pela Lei de Talião e lembrando-se do exemplo de coragem e de perdão da sua primeira vítima, o jovem pregador cristão Estêvão, retomou a sua obstinada busca pela Verdade. Desprezando as ameaças de morte da parte dos seus antigos confrades em judaísmo, corajosamente encaminhou-se para Jerusalém, numa humilde tentativa de reconciliar-se consigo mesmo e com os discípulos do Senhor, que lá enfrentavam as consequências das injustas e terríveis investidas por ele iniciadas, e que agora eram levadas às últimas e trágicas consequências.

Naquela sua amada Jerusalém, Saulo de Tarso constataria a verdade da afirmação de Jesus, do muito que lhe seria necessário sofrer em favor do Seu nome. Foi ali também que ele se reencontrou consigo mesmo, com o Cristo e com os Seus discípulos. Mesmo diante de todas as ameaças e dores suportadas, tendo se livrado do assédio daqueles Espíritos nefastos e readquirido a intuição espiritual do seu acordo com Jesus antes daquela encarnação, o apóstolo confiou plenamente naquela promessa do Senhor registrada no *Atos dos Apóstolos,* capítulo 26, versículos 16 a 18:

"Levanta-te e fica em pé, pois este é o motivo porque te apareci: 'para constituir-te servo e testemunha da visão na qual me viste e daquelas nas quais ainda te aparecerei. *Eu te livrarei do povo e das nações gentias, às quais te envio para lhes abrires os olhos,* e assim se converterem *das trevas à luz,* e da autoridade de Satanás para Deus.'" (At 26,16-18).

Aquele reencontro do discípulo com o Seu Mestre nas portas da cidade de Damasco, além dos fenômenos de cegueira e de desobsessão espiritual, foi marcado também pela renovação da promessa do Cristo de que o seu apóstolo não ficaria abandonado. Reavivando, na consciência do Espírito Saulo, o compromisso por eles firmado antes de os dois mergulharem naquela roupagem terrena, Jesus lhe promete que apareceria ainda outras vezes durante a sua trajetória apostolar.

Assim, mesmo após o Pentecostes, quando demonstrou a abundância da faculdade mediúnica em todo os seres humanos, Jesus ainda não voltaria em definitivo para o seu Mundo Espiritual. Ao contrário, como era de se esperar de um Espírito Puro, responsável pela construção do Reino de Deus entre os Homens, Ele permaneceria atento para orientar os Seus discípulos na divulgação da Boa Nova. As diversas oportunidades em que os médiuns Simão Pedro e Paulo de Tarso mantiveram contato direto com o Espírito do Senhor evidenciam seu zelo na realização da Obra do Pai.

Cumprindo, de imediato, seu compromisso como o divino tutor, Jesus apareceu novamente a Saulo de Tarso, tão logo o jovem discípulo retornou para a sua Cidade Santa, decidido a enfrentar seu passado e seus antigos confrades, expondo-se ao risco de suportar a mesma violência que ele outrora impingira aos primeiros adeptos do Cristo. É ele mesmo quem narra esse fenômeno espiritual registrado por Lucas também no *Atos dos Apóstolos,* capítulo 22, versículos 17 a 21:

"Depois, tendo eu voltado a Jerusalém, e orando no Templo, sucedeu-me entrar em êxtase. E vi o Senhor, que me dizia: 'Apressa-te, sai logo de Jerusalém, porque não acolherão o teu testemunho a meu respeito'. Retruquei então: 'Mas, Senhor, eles sabem que era eu quem andava prendendo e vergastando, de sinagoga em sinagoga, os que criam em ti. E, quando derramavam o sangue de Estêvão, tua testemunha, eu próprio estava presente, apoiando aqueles que o matavam, e mesmo guardando suas vestes'. Ele, contudo, disse-me: 'Vai, porque é para os gentios, para longe, que quero enviar-te." (At 22,17-21).

Foi assim, impulsionado diretamente pelo Espírito Jesus desde aquele primeiro encontro na aridez da Estrada de Damasco, que Saulo de Tarso iniciou a sua longa, sofrida e bem-sucedida trajetória de divulgador da Boa Nova do Cristo. Durante os mais de trinta anos em que caminhou pelo mundo greco-romano divulgando o Evangelho, nunca lhe faltou a companhia do Espírito Jesus, nos momentos mais duros e de cruciais tomadas de decisões, que não apenas o orientava quanto ao caminho a seguir, mas igualmente o amparava nos momentos de fraqueza, sustentando nele o bom ânimo.

Com a Sua presença constante e o esforço incondicional do novo discípulo, Jesus fez de Paulo o depositário fiel do Seu Amor, trabalhando na construção do Reino de Deus entre os Homens e carregando este seu Vaso Escolhido para onde a sua Divina Vontade desejasse, para que ele espalhasse o Seu Evangelho de Luz entre todos os povos.

EPISÓDIO 4

"O NOME ROMANO"

Paphos - Chipre

APESAR DE TER SIDO confirmado por Jesus, naquela Estrada de Damasco, para servir como médium da sua Divina Vontade na orientação cristã de todos os povos, Saulo de Tarso nunca gozaria de privilégios pessoais desse trabalho em nome do Senhor. Muito ao contrário, como anunciara ao venerando Ananias, Jesus iria mostrar ao doutor da Lei quanto lhe seria necessário sofrer em Seu nome, num magno exemplo para todos os pósteros sensitivos cristãos.

Comprovando essa profecia do Senhor, o ex--rabino experimentaria, logo no seu primeiro retorno para Jerusalém, os efeitos sociais dessa sua conversão de Fé, tanto na sua vida pessoal quanto na sua antiga prática religiosa. Tal como em Damasco, agora também na sua amada Cidade Santa, ele seria ameaçado de morte pelos judeus, exatamente nas sinagogas dos helenistas e dos cilicianos, seus antigos companheiros hebreus, onde, atendendo à consciência espiritual, revelaria com alegria a vinda do Messias prometido na pessoa daquele humilde Jesus de Nazaré.

Esta nova decepção seria também suportada por ele com humildade e constituiria o atestado da sua sinceridade na escolha do novo Caminho com Jesus, tornando-o ainda mais capacitado para enfrentar o sofrimento pessoal que o Mestre previra. Novamente ameaçado de morte pelos ex-confrades, assustado e em profunda queda moral, ele foi bater às portas dos antigos inimigos cristãos, sendo acolhido pelos discípulos do Senhor na casa de Simão Pedro, onde se reuniam os primeiros adeptos daquele novo Caminho.

Ali, naquele ambiente singelo, muito diferente do luxo e da ostentação até então experimentados pela sua antiga posição farisaica, ele conquistou uma simplicidade de vida mais adequada à continuidade do seu enorme esforço de modificação pessoal, reconciliando-se definitivamente com os primeiros seguidores de Jesus, depois daquela bondosa acolhida por Ananias em Damasco.

Na humilde convivência com os primeiros escolhidos do Senhor em Jerusalém, Saulo receberia daqueles homens simples um sincero perdão, reconhecendo essa nova força do Espírito, que fora apresentada a ele por Estêvão no seu momento extremo, e pelos irmãos de Damasco, como preparação fundamental para o exercício do seu ofício mediúnico em nome de Jesus.

Sua permanência em Jerusalém, no entanto, era temerária! Por isso, tendo aceitado, com humildade, as ofensas e as ameaças dos seus confrades em judaísmo, e as desconfianças dos seus novos irmãos em Cristo, ele estava pronto para partir em busca de trabalho em nome do Mestre. Assim, por ordens de Simão Pedro, ele seria conduzido às escuras até à cidade de Cesareia e, de lá, encaminhado são e salvo de volta à sua amada Tarso.

Em casa, o novo apóstolo confirmaria, de modo ainda mais duro, a veracidade da máxima de Jesus sobre a impossibilidade de alguém ser reconhecido como profeta no Seu próprio lugar, pois ele seria recebido com o mesmo desprezo sentido em Jerusalém, inclusive da parte de seus amigos e familiares. Mas Saulo agora trazia na Alma as marcas daquele inolvidável encontro com o Senhor e, assim, aguardou humildemente sua hora, trabalhando resignadamente por três anos em Tarso, valendo-se do seu antigo ofício de tapeceiro.

Antioquia do Orontes era uma importante urbe romana, distante apenas 230 quilômetros de Tarso, onde crescia uma próspera comunidade cristã constituída por refugiados, expatriados de Jerusalém em virtude da fúria de Saulo naquela Cidade Santa. Fortalecida pela solidariedade cristã e por abundantes comunicações mediúnicas de Espíritos elevados, a comunidade de Antioquia crescia, carecendo de novos e mais preparados trabalhadores para a exposição da Boa Nova. Chegando essa notícia a Jerusalém, inspirado pelo Espírito Jesus, Simão Pedro incumbiu Barnabé, um judeu helênico oriundo do Chipre, da missão de procurar por Saulo em Tarso e incorporá-lo como pregador àquela nascente comunidade da Ásia.

Jesus continuaria, assim, Sua lição de humildade ao ex-rabino e doutor do Sinédrio iniciada em Damasco, determinando que a sua trajetória apostólica fosse conduzida pelas mãos, como a uma criança, pelo seu primeiro orientador cristão, Barnabé, sob a coordenação de Simão Pedro, humilde pescador galileu.

Na comunidade de Antioquia, Saulo figuraria, de início, apenas como um simples diácono, um humilde colaborador com funções braçais, muito distante do eloquente doutor da Lei no Sinédrio, em Jerusalém, e principalmente do entusiasmado apóstolo que ele se tornaria logo a seguir, na primeira missão recebida do Mestre.

O trabalho do Senhor crescia e frutificava com bênçãos espirituais e materiais, apesar da modéstia desses últimos recursos. Foi em Antioquia que um jovem médico grego de nome Lucas se converteu e, certamente inspirado também pelo Espírito Jesus, sugeriu àquela comunidade que se chamassem pelo amoroso título "Cristãos", em vez de "Povo do Caminho", pois melhor se identificariam com o Cristo.

Num futuro breve, esse jovem médico seria diretamente orientado pelo recém-convertido Saulo de Tarso e se transformaria no sábio autor do livro *Atos dos Apóstolos*. Foi assim também que, estimulado pelo convívio e pela memória daquele seu tutor espiritual, o então já velho apóstolo Paulo, Lucas legaria à humanidade o *Terceiro Evangelho* de Jesus.

Corria o tempo em Antioquia com a profícua divulgação da Boa Nova, quando tiveram notícias de imperiosas necessidades enfrentadas pelo Povo do Caminho em Jerusalém. Perseguido por Herodes, Simão Pedro fora preso, causando ainda mais temor nos cristãos e agravando-se sobremaneira as já tão prementes carências materiais daquele albergue de Luz, escasseando de vez os recursos para socorro aos necessitados pequeninos de Jesus.

Barnabé e Saulo foram destacados para retornarem à Velha Cidade Sagrada em socorro daqueles irmãos, carregando provisões financeiras recolhidas pela bondade dos novos simpatizantes de Antioquia e tendo esperança de que as antigas relações do ex-magistrado do Sinédrio interviessem favoravelmente na libertação do Velho Pescador.

Pedro, contudo, tinha no Espírito Jesus um defensor irresistível. Assim, antes mesmo de qualquer intervenção humana, os Espíritos do Senhor realizaram um significativo fenômeno espiritual de natureza física, arrebentando as correntes que atavam o velho pescador, abrindo as grades da prisão e libertando o laborioso servo do Cristo.

Despertando de madrugada e percebendo-se livre daquelas cadeias, o Velho Pescador encaminhou-se, no meio da noite, para a residência de Maria Marcos, fiel trabalhadora do Cristo e irmã de Barnabé, fugindo, logo em seguida, de Jerusalém para a cidade de Lida, vizinha a Jope. Pouco tempo atrás, nessa mesma cidade, o fiel discípulo de Jesus se notabilizara ao curar um paralítico e ressuscitar uma laboriosa discípula cristã de nome Tabita, seguramente impulsionado, nas suas faculdades mediúnicas, pelo Espírito Jesus. (At 9,33-36)

Essa nova onda de perseguições contra aquela

humilde comunidade cristã de Jerusalém facultou, mais uma vez, ao Senhor a convocação de novos trabalhadores para a Sua messe. Após acudirem os irmãos de Jerusalém nas suas carências materiais, e já liberto Simão Pedro, Barnabé e Saulo regressaram para Antioquia, levando consigo um sobrinho daquele, filho de sua irmã Maria Marcos, o jovem de nome João Marcos. No futuro, após longa e laboriosa orientação evangélica do seu tio Barnabé, esse moço conheceria a enérgica disciplina e a fé em Cristo de Paulo de Tarso, e se transformaria no famoso Marcos, o autor do *Segundo Evangelho*.

De acordo com o relato de Lucas em o *Atos dos Apóstolos*, capítulo 13, versículos 1 a 5, na comunidade de Antioquia do Orontes eram abundantes e profícuas as manifestações espirituais, realizando-se elevados fenômenos mediúnicos de todas as espécies. Confiantes nesse trabalho de intercâmbio transcendente, numa reunião extraordinária e mais adequadamente precedida por jejuns e orações manifestou-se o Espírito do Senhor, expedindo diretas ordens para que Barnabé e Saulo fossem enviados a outras localidades, nas quais iniciariam a divulgação do Evangelho para os demais povos, até então excluídos das tradições judaicas.

Ora, Barnabé era um ex-levita, cidadão do Chipre; por isso, segundo o relato de Lucas:

"Enviados, pois, pelo Espírito do Senhor, eles desceram até Selêucia, de onde navegaram para Chipre. Chegados a Salamina, puseram-se a anunciar a palavra de Deus nas sinagogas dos judeus. Tinham também João como auxiliar." (At 13,4-5).

Foi neste país, berço familiar do amoroso Barnabé, um outrora prestigiado membro da estirpe judaica dos levitas, que Saulo de Tarso encontrou o seu dom como verdadeiro apóstolo de Jesus. Suas capacidades mediúnicas e de oratória, que até então não haviam se destacado nas comunidades de Jerusalém e de Antioquia do Orontes, adormecidas que se encontravam desde aquela desobsessão espiritual nele promovida pelo Espírito Jesus na Estrada de Damasco, seriam agora impulsionadas diretamente pelo Mestre na cidade de Nea-Paphos.

Segundo o relato de Lucas, sublimado também pelo Espírito Emmanuel na obra *Paulo e Estêvão,* a cidade de Nea-Paphos era sede provincial romana no Chipre e residência do procônsul de nome Sérgio Paulo. Este, desejando ouvir a Boa Nova, porque encontrava-se gravemente enfermo, convocou a presença daqueles três apóstolos cristãos em seu palácio, pois eles se notabilizavam, perante aquela população, por realizarem fenômenos de curas e libertações espirituais em nome de um tal Profeta e Salvador, Jesus.

Aquela autoridade romana já tentara, por inúmeras vezes, obter a saúde orgânica e o conforto espiritual, auxiliado por outro médium judeu, denominado Bar-Jesus, sem lograr sucesso. Este sensitivo lhe prestava, havia tempos, os seus supostos dons de cura, mediante pagamento pecuniário, como era costume na época. Diante do fracasso das tentativas de Bar-Jesus, e após tomar conhecimento da fama daqueles profetas cristãos, o procônsul Sérgio Paulo os convoca para uma exclusiva sessão mediúnica no seu palácio.

Como homem prudente, aquela autoridade romana mantivera presente o seu médium particular, Bar-Jesus. Barnabé e Saulo compareceram conservando, igualmente, graves expectativas, pois ignoravam o motivo da convocação, se de boa ou de má-fé. O médium especial do patrício romano, enciumado e temendo ser desmascarado, opunha-se veementemente não só à presença daqueles peregrinos, mas, inclusive, mediante violenta verborragia, afrontando-lhes a honra.

Até este episódio, era Barnabé quem seguia à frente de todos os trabalhos apostólicos, tanto os doutrinários quanto os mediúnicos, sendo apenas coadjuvado por Saulo de Tarso e por João Marcos. No entanto, naquela reunião, diante da intimidação desonrosa que lhes tentava impor o enciumado médium Bar-Jesus, acusando-os de feitiçarias e mistificações espirituais, Barnabé se acanha, estaca e hesita na defesa das suas honestas condutas e da Verdade, que é a Boa Nova do Cristo.

Diante da vacilação do bondoso companheiro, Saulo de Tarso, sentindo o estímulo do Senhor, recuperou suas capacidades espirituais e, impulsionado pela força da sua agora transformada fé, assumiu a defesa dos elevados propósitos do Cristo perante aquela autoridade romana, formulando, pela primeira vez, a sua irrepreensível exposição do Evangelho de Jesus; e, confirmando a força do Amor do Senhor para com todos, curou instantaneamente a grave moléstia do nobre governador romano.

Acuado e sem condições de contestar a notável capacidade intelectual e as realizações mediúnicas de Saulo de Tarso, sem força moral para repreender aquela inusitada Verdade, Bar-Jesus insiste nas injúrias e calúnias, afirmando serem eles trabalhadores de Espíritos do Mal. Diante de tão grave e injusta acusação daquele virulento médium judeu, Saulo de Tarso, invocando o nome do Senhor, repreendeu-o moralmente e, para afirmar ainda mais a soberania do Evangelho, realizou um fenômeno espiritual de ordem física que lhe retirou a visão, deixando-o temporariamente cego.

Ao se ver privado da luz, desesperado, o ganancioso sensitivo judeu apelou para a bondade daqueles enviados do Cristo, suplicando auxílio. Saulo de Tarso, porque a lição já lhe fora prestada, mediante um simples gesto, restituiu a visão do mal-educado e interesseiro médium. Impressionado não apenas com aquele feito, francamente recuperado na sua saúde e enlevado na sua sensibilidade espiritual, o procônsul Sérgio Paulo reconheceu naqueles profetas uma condição de vida mais verdadeira e abraçou, maravilhado, a nova Fé em Cristo.

Segundo se pode constatar dessa narrativa de Lucas em o *Atos dos Apóstolos,* capítulo 13, versículos 6 a 12, a atuação de Saulo de Tarso sobre o ambicioso médium Bar-Jesus foi absolutamente idêntica à que sobre ele realizara Jesus, como o divino médium de Deus, naquela Estrada de Damasco. Segundo os esclarecimentos dos Espíritos a Allan Kardec, a mediunidade é uma faculdade desenvolvida por todos os seres humanos, e tanto mais eficiente quanto mais trabalhada nos evos de inumeráveis encarnações. Como sua história iria revelar, Saulo de Tarso era portador de diversas modalidades mediúnicas e delas se utilizaria na realização de variados fenômenos espirituais em toda a sua trajetória apostolar.

Ocorre que a mediunidade não se realiza sem a presença de um Espírito, e seus feitos são tanto mais grandiosos quanto mais elevada é a moral do médium, única garantia de ser auxiliado por um Espírito verdadeiramente superior. Bar-Jesus acusou Saulo de valer-se de Espíritos maléficos na cura de Sérgio Paulo, da mesma forma que os fariseus acusavam Jesus de realizar curas espirituais por intermédio do Espírito Belzebu. A reação do jovem discípulo precisava ser enérgica, uma vez que defendia o sagrado nome do Senhor.

Essas primeiras lições do Cristo a Saulo de Tarso, junto de Sérgio Paulo e Bar-Jesus, preparavam Seu discípulo e médium para o enfrentamento não só das injúrias morais, mas também das violências corporais que ele sofreria durante toda a sua vida, facultando-lhe as experiências mediúnicas que lhe dariam suporte nas futuras realizações espirituais e doutrinárias.

Confirmando o compromisso estabelecido com o Cristo antes daquela encarnação, já na sua primeira jornada como divulgador da Boa Nova, Saulo de Tarso recuperaria integralmente a fé em si mesmo e experimentaria, de modo incontteste, os efeitos de uma reedificada fé em Jesus. Os significativos fenômenos realizados pelo Espírito do Senhor em benefício daquela autoridade romana permitiram a Saulo fixar, definitivamente, conhecimentos sobre a mediunidade, ao mesmo tempo que recuperava a sua tão destacada capacidade de oratória no interior de um palácio romano.

Diante de tal inequívoca experiência espiritual, decidido à modificação integral de sua existência, Saulo de Tarso, acompanhando um velho costume do seu tempo, adotou a transliteração do seu nome hebreu, Saul, para o seu correspondente romano, Paulo, assumindo-o até o fim daqueles seus dias e perpetuando-o na história. (At 13, 9).

São Jerônimo, Espírito que viveu no século IV depois de Cristo, célebre teólogo e historiador, doutor da Igreja formado pela Escola de Alexandria e tradutor da primeira versão da Bíblia para a língua latina conhecida como a *Vulgata,* sugere que a mudança do seu nome de Saulo para Paulo foi inspirada no jovem discípulo do Senhor pela conversão espetacular do procônsul romano, apresentando-se ele, a partir de então, como Paulo, da cidade de Tarso.

A recuperação integral de sua saúde e a cegueira provocada no médium Bar-Jesus causaram tamanha impressão em Sérgio Paulo que, segundo o relato do Espírito Emmanuel na obra *Paulo e*

Estêvão, o procônsul romano não apenas abraçou a nova fé como construiu, às próprias expensas, a primeira edificação dedicada com exclusividade à nova prática cristã, a primeira Igreja de São Paulo em Nea-Paphos. Os fenômenos mediúnicos realizados pelo Espírito Jesus por intermédio de Saulo deixam incontestes lições quanto à supremacia da doutrina do Cristo, afirmando, pela primeira vez, a Boa Nova nos domínios do César.

A partir daquela primeira viagem apostólica, além de assumir definitivamente a sua missão evangelizadora, Paulo de Tarso adquire a confiança plena do Espírito Jesus e passa a gozar os benefícios de um mandato mediúnico para agir em Seu nome, conquistando autoridade moral perante Barnabé e os demais discípulos, passando a liderar a Missão Apostólica com os gentios desde a Ásia até a capital do Império Romano.

Diante daquele inequívoco apoio mediúnico de Jesus a Saulo, e estimulados pelos primeiros frutos colhidos ante uma autoridade romana e uma população pagã, partiram os três apóstolos, Barnabé, o jovem João Marcos e o agora assumido primeiro discípulo romano do Cristo, Paulo de Tarso, em direção à província da Panfília, deixando para o povo do Chipre uma consolidada comunidade cristã e uma sólida estrutura para afirmação do Cristianismo entre os primeiros patrícios romanos.

Em apenas três décadas de trabalho, Paulo de Tarso fez com que as primícias do Cristo fossem transferidas dos distantes e periféricos domínios do Império Romano, na Ásia, diretamente para o seio da Europa e o coração de Roma. Como consequência dessa sua trajetória como médium orador e curador, impulsionado diretamente pelo Espírito Jesus, Paulo consolidava os elevados fundamentos morais do Cristo e uma fé cristã curadora da Alma e do corpo, mediante sacrifício de sua própria carne, tantas vezes dilacerada sob injustos açoites, peregrinando de cidade em cidade sem nem mesmo estabelecer a segurança de um lar para si.

Como verdadeiro trabalhador do Cristo, ele não gozou, pessoalmente, qualquer fruto material deste ofício. No campo das relações humanas, o grande proveito tirado por ele foi o perdão dos discípulos do Senhor, o que lhe permitiu perdoar a si mesmo. Não obstante, nem mesmo Barnabé seguiu com ele até o fim daquela jornada, preferindo a companhia da sua família consanguínea. Nos momentos que anteciparam sua triste e violenta morte por decapitação, tal como o seu Mestre na cruz Paulo sentiu-se também sozinho e abandonado. Os milhares de irmãos conquistados para o Cristo fugiram de perto dele, aterrorizados por Nero, fazendo-o se lamentar: "Só Lucas está comigo". (2 Tm 4,11).

No entanto, os frutos apostólicos daqueles primeiros fenômenos mediúnicos realizados no Chipre seriam colhidos para benefício de todos os povos três séculos depois, quando, abatido pela Verdade Cristã, o paganismo desapareceria do mundo romano, consolidando-se a elevada Moral de Jesus pela sua inconteste capacidade de realizar a Libertação.

EPISÓDIO 5

"O IMITADOR DO CRISTO"

Derbe-Listra

CARREGANDO O TRIUNFO da primeira missão apostólica no Chipre, os três pregadores, Paulo, Barnabé e João Marcos, partiram da cidade de Nea-Paphos e aportaram em Perge, igualmente próspera cidade romana da Ásia Menor, famosa por ter criado o pergaminho, fino e alvejado artefato de pele caprina muito abundante na região, utilizado para a escrita em substituição dos frágeis papiros egípcios. Essa novidade, logo em breve, seria muito proveitosa a Paulo de Tarso na redação de suas famosas epístolas.

A estratégia dos pregadores foi, desde o início, muito clara, visitando, em primeiro lugar, as grandes e importantes cidades e buscando os locais sagrados das sinagogas juntos de seus irmãos hebreus e a proximidade dos templos pagãos, na esperança de ali encontrarem corações mais dispostos a entendimentos sobre a fé. Nunca desprezavam, porém, as aglomerações populares nas ágoras, as praças públicas, ministrando o Evangelho, sempre com a mesma dedicação, a todos os humildes cidadãos locais.

Decididos à continuidade ininterrupta daquela jornada em nome do Cristo, Paulo e Barnabé partiram de Perge para a cidade romana de Antioquia da Pisídia e sofreram uma baixa na já pequena tropa do Senhor. Ainda imaturo para enfrentar as dificuldades de uma jornada em peregrinação, que agora seguiria por inóspitos percursos pelas montanhas do Tauro, suportando enormes dificuldades de sobrevivência, o jovem João Marcos, acostumado ainda ao conforto de um lar junto de sua mãe, abandonou a missão e voltou para casa, em Jerusalém.

Apesar disso, entusiasmados com o sucesso dos trabalhos no Chipre, os pregadores não acusam a perda de um membro do pequeno grupo e alcançam ligeiros aquela nova urbe romana. No primeiro dia de sábado, como era costume dos antigos hebreus, os discípulos do Senhor visitam a sinagoga de Antioquia, e, como parte da liturgia judaica, depois da leitura da Lei de Moisés e dos Livros Proféticos, os líderes sacerdotes facultavam a palavra aos rabinos visitantes.

Nesta qualidade, Paulo solicitou o direito à fala. Valendo-se dos seus elevados cabedais de conhecimento histórico e religioso, depois de uma destacada exegese do Velho Testamento, ele fez a primeira demonstração de Jesus como o Messias anunciado por Moisés e por Isaías, tal como era lembrado semanalmente em todas as sinagogas e ali mesmo ocorrera havia pouco. Destacou a justeza do Nazareno perante a Lei, mostrando o cumprimento, na Sua pessoa, de tudo o quanto sobre o Ungido prediziam as sagradas escrituras.

Não obstante a clareza e a perfeita adequação da Sua existência àquela prenunciada para o Ungido de Deus, Jesus não fora reconhecido como tal pelas autoridades religiosas de Jerusalém, que injustamente o condenaram à morte por crucificação, cumprindo, assim, mais um dos anúncios sobre o Salvador encarnado naquele humilde Profeta de Nazaré.

Evidenciando ainda mais o seu caráter messiânico e atendendo à condição definitiva para a sua identificação como o verdadeiro enviado de Deus, três dias depois daquela morte humilhante Ele ressuscitou, mostrando-se inteiramente vivo para o testemunho de centenas de pessoas durante mais de quarenta dias. Ao coroar Sua existência ressurgindo num corpo espiritual tangível e convivendo normalmente com os amigos, Ele atestou não só o fim da morte pela ressurreição, mas também a capacidade de todos os seres humanos de remirem seus pecados por meio de sucessivas reencarnações, tal como ele afirmara antes aos Seus discípulos ser João Batista o Elias reencarnado.

O brilhantismo dessa primeira pregação de Paulo, e o convencimento de muitos irmãos hebreus sobre a veracidade da Boa Nova, que revelava a encarnação do Messias na pessoa de Jesus de Nazaré, atraiu quase toda a cidade para o culto hebreu do sábado seguinte, incomodando os sacerdotes judeus.

Porém, o entusiasmo daquele renovado pregador cristão tinha um segredo. Da mesma forma como Jesus ensinou diretamente Seus primeiros discípulos na Galileia e em Jerusalém, sendo o enviado de Deus responsável pela modificação dos sentimentos da humanidade, o Mestre agora inspiraria, também de modo direto, a enlevada palavra de Paulo de Tarso para a divulgação da Sua Boa Nova nas terras dos gentios. A força de convencimento que o ex-rabino demonstrava como médium orador brotava não apenas do seu fiel testemunho sobre a visão do Cristo ressuscitado na Estrada de

Damasco, mas principalmente da proximidade que o Espírito Jesus com ele manteria até que fosse integralmente cumprida a sua missão evangelizadora.

Numa comprovação de que a sua ilustração espiritual era realizada diretamente pelo Cristo, ante o desprezo da Boa Nova por parte de seus irmãos judeus que, apesar de religiosos, recusavam provas evidentes sobre a encarnação e a ressurreição do Verbo de Deus na pessoa daquele humilde Profeta de Nazaré, na sua réplica, o entusiasmado orador foi convencido pelo Espírito Jesus de que a sua principal missão era transmitir esse convite a todas as gentes:

"Eu te pus para luz das nações, para que sejas portador de salvação até os confins da terra." (At 13,47).

Ouvindo esse honroso anúncio da sua inclusão no Reino de Deus, toda a gente pagã de Antioquia da Pisídia se converteu à doutrina do Cristo, alegrando-se e dando glórias ao Senhor por aquele inequívoco testemunho, que os aclamava também como filhos do Altíssimo e que, assim, os destinava para a vida eterna, condição essa reivindicada, até então, com exclusividade pelo povo hebreu.

Para enorme pesar daqueles divinos mensageiros e das pessoas de bem em geral, no encalço de Espíritos justos caminham, sempre, Espíritos iníquos tentando desmoralizá-los. Por isso, algumas autoridades judaicas, vendo as multidões que eram convertidas por Paulo, cheias de inveja, blasfemaram contra aqueles pregadores. Armados de mentiras e de injustas acusações, incitando algumas mulheres da sociedade e autoridades civis que lhes deviam favores e rejeitando a Verdade do Senhor, instauram nova perseguição contra Paulo e Barnabé, expulsando-os daquela cidade.

Os pregadores, humilhados pelos poderosos, atendendo à recomendação de Jesus constante do Evangelho de Mateus, capítulo 10, versículo 14, "sacodem os seus pés", limpando a sujeira da leviandade daqueles altivos e iludidos cidadãos de Antioquia, e partem realizados para a cidade de Icônio, na mesma região montanhosa do Tauro, a fim de tocarem novos e humildes corações.

Em Icônio, segundo o relato de Lucas em o *Atos dos Apóstolos,* capítulo 14, versículos 1 a 4, aqueles dedicados trabalhadores de Jesus permaneceram, por um bom tempo, palestrando com graça e entusiasmo, intrepidamente realizando fenômenos espirituais de curas pela imposição das mãos e conquistando as multidões, a ponto de toda a população ficar dividida entre o judaísmo e a Boa Nova do Cristo.

Porém, mais uma vez, o egoísmo humano serviria de instrumento às rebaixadas forças espirituais adversárias do Senhor, que instauraram nova perseguição contra aquele trabalho de libertação. Mobilizadas por essas potências nefastas, as autoridades civis de Icônio, endereçando-lhes novos ultrajes, prepararam armadilha de morte por apedrejamento contra aqueles humildes peregrinos. Como o Cristo não abandona seus verdadeiros seguidores, Protetores Espirituais designados por Jesus os advertiram, fazendo com que, atentos, deixassem às pressas aquela localidade, dirigindo-se para as vizinhas cidades de Listra e Derbe. (At 14, 5-7).

Os dois apóstolos estavam em Listra, pregando o Evangelho com entusiasmo, quando, constatando a presença de um homem que os ouvia atentamente, carente desde o nascimento pelo aleijão nos pés, sem nunca ter andado, passaram a fitar os olhos nele, e Paulo, sentindo espiritualmente sua fé e o desejo de ser curado, disse-lhe em voz alta:

"Levanta-te direito sobre os teus pés. E ele saltou, e andava." (At 14,8-11).

Diante dessa inédita demonstração de tamanha potência espiritual, toda a população de Listra, ainda mitificada pelo paganismo, levantou voz uníssona para louvar os inesperados visitantes, como se fossem verdadeiros deuses que desceram do Olimpo em forma de homens, identificando Barnabé com Júpiter e Paulo com Mercúrio, o deus da eloquência.

Ora, havia, logo às portas da cidade, um templo dedicado a essa divindade mensageira, cujo sacerdote, ao ser informado daquelas inesperadas visitas, organizou um festival para louvá-las com toda a pomposa ritualística exigida pelo evento, desfilando touros enfeitados com grinaldas de flores, que seriam sacrificados àquelas celestes autoridades no altar consagrado do templo.

Tomando conhecimento do fascinado desatino daquele sacerdote e dos radicais devotos pagãos de Listra, Paulo e Barnabé se lançaram no meio da multidão, clamando, com veemência, pela interrupção daquela injustificada procissão, afirmando serem também da mesma natureza que todos eles, homens, e não deuses. Ressaltaram que a missão deles era exatamente anunciar-lhes o Deus único e as bênçãos do Evangelho, para que aquelas lendas pagãs fossem esclarecidas pela verdade da encarnação e da ressurreição de Jesus, como o modelo para todas as criaturas.

Espalhando-se aquelas notícias pela região, acorreram à Listra judeus de Antioquia e de Icônio, os quais, evidentemente algemados ao sacerdote pagão por rebaixados sentimentos, manipularam a enfraquecida fé daquela fascinada população e, induzindo-a aos impulsos da fúria, prenderam e apedrejaram Paulo. Contando estar morto o apóstolo, aqueles enciumados algozes determinaram o seu descarte no monte de lixos fora dos muros da cidade, para ser devorado pelos animais.

Bondosos e fiéis adeptos daqueles humildes pregadores cristãos, acompanhando de longe essa barbárie, tão logo se afastaram os agressores, acudiram o corpo do apóstolo abandonado no monturo e constataram que ele ainda vivia. Socorrendo-o nas suas feridas e zelando pelas providências necessárias ao seu restabelecimento, fizeram com que eles, no dia seguinte, partissem de Listra em direção a Derbe, cidade circunvizinha, onde pregaram intrepidamente o Evangelho, apesar de todas as ameaças e a triste memória daquele recente linchamento.

Pelos relatos dessa primeira viagem, é possível constatar que, tanto nas suas realizações mediúnicas quanto nos momentos mais difíceis, o apóstolo Paulo foi secundado diretamente pelo Espírito Jesus. O Mestre o orientava pessoalmente na tarefa específica de evangelizar os excluídos pelo judaísmo, valendo-se dele como médium para a realização de inusitados fenômenos de curas espirituais, ilustrando aqueles povos tanto pelos olhos quanto pelo intelecto, tal como ele, singularmente, havia realizado na sua curta pregação na Galileia e em Jerusalém.

Esse suporte do Mestre a Paulo era inevitável, porque, se Jesus já era uma autoridade espiritual capaz de realizar fenômenos de curas físicas impulsionado exclusivamente pela sua já santificada vontade, o médium Paulo de Tarso, como todos os seres humanos, não podia prescindir da presença de um Espírito mais elevado para aquelas realizações, especialmente naquele momento inicial da sua trajetória apostolar, quando o remorso da sua injusta perseguição contra os cristãos de Jerusalém ainda retumbava em sua consciência.

Allan Kardec concluiu, depois de mais de uma década de pesquisas e de experiências mediúnicas, que nenhum fenômeno de cura transcendente se realiza sem a presença de um Espírito. Essa potência humana de curar ocorre quando um médium libera matéria sutil do seu corpo fluídico, e um Espírito a direciona para a região adoecida no corpo espiritual do enfermo, promovendo a recuperação deste e, por consequência, do seu próprio corpo físico. Trata-se de uma operação espiritual para a projeção coordenada de elementos materiais num estado quântico específico, semelhante à projeção dos elétrons livres nas pesquisas contemporâneas da Física de Partículas.

Ocorre que, enquanto as pesquisas acadêmicas com a física quântica ainda resultam numa mobilização aleatória da matéria sutil, nos casos das curas espirituais, tais como as realizadas por Jesus através de Paulo de Tarso, essa operação dá-se pela vontade direcionada do médium sob a coordenação de um Espírito mais elevado. É este quem substitui os elementos em estado quântico desorganizados no corpo espiritual adoecido do paciente, por novos campos de partículas harmônicas, reorganizando o corpo sutil e resultando nas curas físicas supostamente milagrosas. Essa é a explicação da Ciência Espírita para esses antigos fenômenos humanos.

Jesus, Espírito puro, realizava esses feitos por si mesmo e tocado pela fé do enfermo. Paulo de Tarso, Espírito ainda em evolução, precisava da atuação concomitante de Jesus para produzir aqueles fenômenos. Atraindo os olhares do povo e ilustrando-os pela Boa Nova, o apóstolo os estimulava à benéfica modificação dos sentimentos, convertendo-os em direção ao Cristo.

Desde seu resgate espiritual no deserto da Síria, as ofensas que ele, já convertido, suportou no retorno à sua amada Tarso, as injustas acusações sofridas da parte dos seus irmãos em judaísmo, quando da sua volta para a sagrada Jerusalém, até o apedrejamento nessa primeira viagem em nome do Senhor, Paulo de Tarso passou a se transformar num ser humano cada dia mais humilde.

Essa é, sem dúvida, a primeira e a mais difícil condição para que um médium de boa vontade conquiste o mandato de um Espírito elevado e, assim, consiga realizar fenômenos de curas extraordinárias, pois a humildade é a qualidade mais destacada nos Espíritos Superiores e fonte principal da virtude, a verdadeira força das Boas Almas.

Paulo de Tarso caminhava, incessantemente, com a consciência desse dever e, apesar de todas as suas humanas fraquezas, como ele próprio iria testemunhar nas suas famosas Epístolas, empenhava seus maiores esforços para adequar sua vontade à já santificada Vontade de Jesus. Foi assim que, suportando as ofensas sem revidar e rebaixando-se para sustentar a elevada Luz do Evangelho, ele desenvolvia uma postura virtuosa que, cada dia mais, credenciava-o a tornar-se um verdadeiro médium do Cristo.

Assim, investido de um mandato direto do Senhor, ele suportaria a fome e o frio, as constantes injúrias físicas e morais que os ímpios sacerdotes lhe impunham e inumeráveis doenças. Abnegado, ele só lamentava quando, com o intuito de ofendê-lo pessoalmente, as autoridades religiosas judaicas mostravam o seu cortante desprezo em relação ao seu amado Jesus.

Foi de posse desse Amor que Paulo lutou ferozmente para superar seus próprios vícios morais. Apesar de ser ainda "humano, demasiadamente humano" como ele tantas vezes lamentaria, ele venceu o orgulho e a vaidade pessoais empunhando a espada da humildade. Revestido da inexpugnável armadura da fé, ele lutou contra a ignorância dos homens que realizavam o comércio do sagrado, distribuindo gratuitamente aquele Tesouro que o Cristo, sob o sol inclemente do deserto, inculcou-lhe diretamente no coração, ostentando sempre no peito esse vaso reluzente de Esperança pela salvação de todos os povos.

EPISÓDIO 6

"O DEFENSOR DA LIBERDADE"

Filipos - Tessalônica

A HISTÓRIA DO Cristianismo primitivo mostra que, apesar de ter surgido como uma profunda revolução dos sentimentos, realizada por Jesus num mundo dominado pela força física e pela violência, as pequenas comunidades cristãs, formadas por almas simples, continuariam sofrendo o ataque daqueles mesmos Espíritos inimigos que combatiam o trabalho do Cristo havia milênios e que, fazia poucos anos, conduziram as autoridades e a população de Jerusalém ao assassinato do Profeta Nazareno.

Enfrentando essa batalha espiritual de tão dramático final e não tendo ainda se recuperado da perseguição instaurada por Saulo de Tarso, então rabino, a partir de Jerusalém, um novo ataque seria perpetrado contra aquelas nascentes comunidades, valendo-se agora, os milenares inimigos do Cristo, de um fanatismo judaico infiltrado em Jerusalém pela invigilância do apóstolo Tiago Menor.

Continuando sua campanha para impedir o avanço da doutrina de Jesus, aquela mesma legião nefasta, que impulsionou a violência inicial do Sinédrio contra o Cristo, insuflou no pensamento do novo líder em Jerusalém a equívoca ideia de que os convertidos pagãos deveriam seguir os mesmos ritos, dogmas e sacramentos do judaísmo, inclusive a obrigatoriedade da circuncisão, oprimindo-lhes a liberdade de culto a Deus no profundo e estrito campo dos sentimentos, tal como pregara, com autenticidade, aquele humilde Pregador Galileu.

O Cristianismo era toda uma revolução espiritual que apresentava um estado de bem-aventurança, gerado a partir da liberdade que cada criatura tem de buscar pelo Reino de Deus no seu próprio íntimo, adotando-se a máxima: "E conhecereis a Verdade e a Verdade vos libertará!". Entretanto, esta nova concepção de vida contrariava os interesses milenares daquela legião de Espíritos nefastos que, dominando os sentimentos, controlavam os pensamentos e os comportamentos dos homens, promovendo a iniquidade e fomentando a divisão, simplesmente para conservarem privilegiados gozos sensoriais desfrutados num vampirismo sutil juntos dos poderosos; por isso, combatiam ferozmente a mensagem libertadora do Cristo.

Como essa revolução dos sentimentos atendia ao projeto do Criador de estabelecer a Lei de Amor em toda a humanidade, o Espírito Jesus, seu executor, combateu mansamente aquele novo ataque das trevas espirituais, permanecendo junto dos apóstolos Pedro e Paulo, sustentando-lhes o bom ânimo e inspirando neles aquela sua memória de pacificação, evitando, assim, a primeira divisão naquela comunidade, uma vez que esta poderia ter aniquilado, ainda na infância, a sua inusitada doutrina da liberdade, acorrentando-a ao superado sectarismo judaico e frustrando aquela revolucionária ideia de fraternidade universal.

A intriga espiritual iniciada em Jerusalém era tão grave, que já provocava divisão na comunidade de Antioquia, de modo que Paulo e Barnabé foram destacados para se encaminharem até à Cidade Santa para, expondo os belos frutos da Boa Nova naquela região, defenderem a liberdade dos cristãos pagãos perante aquela liderança, num encontro que ficaria conhecido como o primeiro Concílio de Jerusalém. O Espírito Jesus precisava agir em defesa do Seu Evangelho; por isso, nessa congregação, na qual seriam estabelecidos os primeiros dogmas de uma doutrina para todas as Igrejas, vê-se claramente sua mão protetora a impulsionar os sentimentos e o raciocínio dos apóstolos Pedro e Paulo no rumo de uma solução que conciliasse Fé e Razão.

O Espírito do Senhor pairava incessantemente sobre aquelas cabeças apostolares, inspirando-as. Por isso, durante aquele episódio, Paulo de Tarso, libertando-se de vez de sua formação farisaica, desenvolveu um raciocínio que anteciparia, em dezoito séculos, a dedução do filósofo Immanuel Kant, exposta na sua obra *A Religião Nos Limites da Pura Razão,* ao mostrar que, acima de quaisquer manifestações exteriores, a revolução espiritual de Jesus estabelecia uma fé racional e uma doutrina da virtude como a mais perfeita fórmula da liberdade no mundo, única via para a verdadeira felicidade.

Paulo de Tarso, que até sua conversão se comportava como "hebreu, filho de hebreus" e modelo de "fariseu", diante daquele conflito doutrinário, assumia agora a primeira defesa dos direitos dos pagãos a uma plena vivência com o Cristo, mostrando a contradição que era impor aos gentios as mesmas exigências do culto exterior judaico, lembrando que Jesus apresentara o Reino de Deus como estabelecido não em formalidades exteriores, mas na profunda intimidade de cada Espírito.

Essa lógica infalível do Mestre Nazareno,

defendida por Paulo de Tarso, que, distinguindo as necessidades do corpo das essenciais carências do Espírito, mostrava a verdadeira religião da liberdade, só viria a ser recuperada, sob argumentos racionais, por Kant no século XVIII da nossa Era e, cem anos depois de esse filósofo deduzir o conceito de fé racional, por Allan Kardec, quando, orientado também diretamente por Jesus, que agora retornava como o Espírito da Verdade para completar os Seus ensinos sobre aquele Reino, este pedagogo francês organizaria, com metodologia científica e filosófica, o Espiritismo, comprovando a verdadeira essência espiritual do ser humano.

Naquele primeiro encontro doutrinário na Cidade Santa, com a sua inspirada palavra de Fé, Simão Pedro argumentou que os gentios eram também povo de Deus, tal qual os hebreus, e a prova cabal dessa eleição era a visita constante que a comunidade de Antioquia recebia do Espírito Santo, a plêiade de Espíritos elevados que com ela se comunicava por meio de intensa e frutífera atividade mediúnica. Com a palavra, Paulo de Tarso, valendo-se dos seus cabedais filosóficos, destacou os direitos dos povos à plena liberdade do culto cristão, mediante os mesmos argumentos que seriam em breve registrados na sua Carta aos Romanos, capítulo 2, versículo 29:

"Certamente a circuncisão é útil, se observas a Lei; mas, se és transgressor da Lei, tua circuncisão torna-se incircuncisão. Se, portanto, o incircunciso guardar os preceitos da Lei, porventura sua incircuncisão não será considerada circuncisão? E o fisicamente incircunciso, cumpridor da Lei, julgará a ti que, apesar da letra e da circuncisão, és transgressor da Lei. Pois o verdadeiro judeu não é aquele que como tal aparece externamente, nem é verdadeira circuncisão a que é visível na carne: mas é judeu aquele que o é no interior e a verdadeira circuncisão é a do coração, segundo o espírito e não segundo a letra: aí está quem recebe louvor, não dos homens, mas de Deus."

Essa seria a orientação preponderante para uma verdadeira experiência com o Cristo nos três primeiros séculos da nova era; uma vivência religiosa pautada exclusivamente nos sentimentos de fraternidade universal. Entretanto, atendendo à lei do progresso e ao princípio da reencarnação, os Espíritos se revezam nas lideranças de todos os movimentos humanos, de modo que aquela verdadeira religião, tantas vezes defendida por Paulo de Tarso sob intensas ameaças da própria vida, seria desvirtuada a partir do século IV da nossa era com a romanização da igreja cristã e a adoção de uma liturgia de cultos exteriores. Assim, tornada a religião oficial do Império Romano, o Cristianismo mesclou o judaísmo de Tiago Menor com o paganismo imperial, resultando num sofisma dogmático muito distante da síntese libertadora realizada pela divina filosofia do seu Profeta inspirador.

Naquele primeiro concílio de Jerusalém, felizmente venceria a verdadeira doutrina de Jesus, estabelecendo-se as bases para uma religião natural, sem máscaras. Paulo e Barnabé retornaram de Jerusalém para Antioquia portando a garantia da plena inclusão dos gentios na salvação proporcionada pelo Cristo, sem quaisquer exigências de posturas exteriores senão aquelas de uma apropriada virtude ética. Seguiram com eles Judas Barsabás e Silas, além de João Marcos, o futuro evangelista sobrinho de Barnabé, que abandonara a primeira viagem apostolar pela Ásia, mas ainda estava engajado na pregação cristã na Cidade Santa.

Em Antioquia, motivado pela vitória em defesa da liberdade dos gentios, Paulo sugeriu a Barnabé que retornassem às comunidades da Galácia visitadas quando da primeira peregrinação, transmitindo essas boas novas e confirmando a doutrina do Cristo entre aqueles já tocados corações, esperançosos de novas conquistas para o Senhor. Barnabé recebeu a sugestão com entusiasmo, mas, num fato que evidenciaria, mais uma vez, o ataque espiritual trevoso sob o qual se encontrava aquela nascente comunidade cristã, manifestou o desejo de conduzir novamente o seu sobrinho João Marcos. Paulo, argumentando a imaturidade do jovem para as dificuldades que novamente enfrentariam e evocando a precedente fuga do rapaz às primeiras responsabilidades que lhe foram confiadas na peregrinação anterior, recusou-se a levá-lo.

Não concordes os apóstolos quanto a essa questão, partiram para nova jornada em nome do Cristo seguindo caminhos distintos: Barnabé, acompanhado de João Marcos, seguiu para o Chipre, e Paulo, conduzindo seu novo pupilo, Silas, que não mais regressara a Jerusalém, retomou a rota das cidades já visitadas nas montanhas do seu amado Tauro. Barnabé desapareceria das escrituras sagradas, mas viria ainda a ser lembrado afetuosamente por Paulo de Tarso em sua Primeira Carta aos Coríntios, e na Carta aos Colossenses quando, mostrando o dever dos cristãos de não guardarem mágoas e valorizarem a verdadeira fraternidade, o apóstolo já tinha novamente incorporado ao seu grupo de evangelizadores o sobrinho daquele, João Marcos.

Depois de atravessarem as regiões da Cilícia

passando por sua amada Tarso, apresentando, satisfeitos, a carta de libertação dos gentios obtida no Concílio de Jerusalém, Paulo e Silas alcançaram as cidades de Derbe e Listra, onde conheciam um jovem discípulo convertido quando da sua primeira viagem apostolar com Barnabé por aquela região, chamado Timóteo, filho de mãe judia e de pai grego e do qual todos os fiéis de Listra e Icônio davam bom testemunho. Solicitado pela mãe do jovem e pressentindo a devoção do menino, que seria considerado por ele no futuro como a um filho, Paulo consente que ele se incorpore ao pequeno grupo de pregadores, partindo os três em busca de cobrirem todas as províncias romanas da Ásia Menor.

Ao chegarem na distante região da Mísia, intentavam encaminhar-se para a Bitínia quando, em novos fenômenos mediúnicos realizados por intermédio de Paulo, o Espírito Jesus fez valer, mais uma vez, a sua coordenação nesse plano de evangelização dos povos, impedindo aquele trajeto. Tentaram seguir em direção à Mísia, naquela mesma região, mas conforme relata Lucas:

"O Senhor impediu. O Espírito de Jesus não permitiu." (At 16,6-8).

O médico evangelista não especifica as modalidades mediúnicas dessas novas comunicações de Jesus com Paulo de Tarso, se ocorridas através do fenômeno de voz direta, tal como na estrada de Damasco, ou se por interferência imediata do Senhor no pensamento do apóstolo, como fazem conosco os Espíritos, constantemente ao nosso redor, tanto para o bem quanto para o mal.

Com o mesmo objetivo de orientar o caminho a ser seguido, uma terceira comunicação de Jesus a Paulo ocorreria na cidade de Trôade, ainda na Ásia Menor, quando, numa noite durante o repouso pelo sono, o Espírito do apóstolo, libertando-se do corpo, tal como ocorre também diariamente com todos os seres humanos, recebeu a visita de uma Entidade espiritual trajando vestimentas típicas de um cidadão grego, que solicitou:

"Vem para a Macedônia, e ajuda-nos!" (At 16,9).

Foi assim, sob ordens diretas de Jesus, que o Cristianismo se expandiu da Ásia para alcançar a Europa através das terras do antigo Império de Alexandre, o Grande Macedônio. Já integrado àquela pequena tropa do Senhor, é mais uma vez Lucas quem relata as consequências dessa nova comunicação mediúnica:

> "Logo após a visão, procuramos partir para a Macedônia, persuadidos de que Deus nos chamava para anunciar-lhes a Boa Nova." (At 16,10)

Esse testemunho tão verdadeiro de um homem culto como o médico Lucas, que escreveu em grego clássico os livros *Atos dos Apóstolos* e o *terceiro Evangelho,* obras que permanecem incólumes há quase dois mil anos, é uma demonstração inequívoca da confiança plena que os primeiros discípulos de Jesus tinham na faculdade mediúnica e na segurança com que o sensitivo Paulo de Tarso dela se valia para comunicar-se com o Espírito do Senhor.

Essa confiança no divino Guia e no médium fez com que os peregrinos mudassem radicalmente o seu roteiro, assim narrando o médico cristão:

> "De Trôade, partindo para o alto-mar, seguimos em linha reta para a Samotrácia. De lá, no dia seguinte, para Neápolis, de onde partimos para Filipos, cidade principal daquela região da Macedônia, e também colônia Romana." (At 16,11)

Este intercâmbio mediúnico constituía a principal fonte de orientação de Jesus aos novos discípulos, e era realizada principalmente por intermédio de Paulo de Tarso. Confiando plenamente na atuação direta do Senhor por seu médium de eleição, os discípulos seguiam piamente a indicação dos novos corações a serem conquistados, como relata Lucas:

> "Passamos nesta cidade alguns dias. Quando chegou o sábado, saímos fora da porta, a um lugar junto ao rio, onde parecia-nos haver um lugar de oração. Sentados, começamos a falar às mulheres que se tinham reunido. Uma delas, chamada Lídia, negociante de púrpura da cidade de Tiatira, e adoradora de Deus, escutava-nos. O Senhor lhe abrira o coração, para que ela atendesse ao que Paulo dizia. Tendo sido batizada, ela e os de sua casa, fez-nos este pedido: 'Se me considerais fiel ao Senhor, vinde hospedar-vos em minha casa.' E forçou-nos a aceitar." (At 16,12-15).

Essa prática social de se orientar pela comunicação mediúnica era comum na antiguidade e não se encontrava sob os domínios exclusivos da religião. Sócrates, o filósofo ateniense considerado pelo oráculo de Delphos o mais sábio dos homens, era igualmente um grande médium. Platão relata, com clareza, a relação do velho pensador com o seu *Daimon*, o seu Espírito Protetor, na condução dos principais atos da sua vida.

A segurança mediúnica do velho pensador era tamanha que, na obra *Apologia de Sócrates*, Platão mostra porque, durante seu julgamento político, o filósofo não modificou o depoimento perante a corte judicial de Atenas, mesmo sabendo que suas palavras poderiam condená-lo à pena de morte. A justificativa do seu mestre para a manutenção do temerário depoimento foi que, ao caminhar para aquela sessão de julgamento, ele não recebera do seu *Daimon*, o Espírito que o protegia, qualquer orientação para modificar o seu discurso, interpretando este silêncio do seu Anjo da Guarda como uma aprovação ao que falaria, independentemente da sentença que receberia. Foi injustamente assassinado.

Assim como o velho Sócrates entregava sua vida à orientação do seu *Daimon*, o jovem Paulo de Tarso também confiava plenamente no Espírito Jesus e seguia atentamente suas ordens, independentemente dos caminhos pelos quais Ele o conduziria. Em quase todos os destinos alcançados nessa peregrinação em nome do Cristo, ele foi jogado na prisão e suportou o açoite. Nem assim Paulo vacilou uma só vez quanto aos passos seguintes, e nada lhe importou mais na vida do que cumprir essa missão evangelizadora, pois esta era a via da sua própria libertação, apesar de, aos olhos do mundo, dela ele só ter recebido prisões e açoites.

O conhecimento em comum, detido tanto pelo velho Sócrates quanto por Paulo de Tarso, que lhes permitia essa ousadia existencial era a certeza de que a vida espiritual e a plena comunicabilidade dos Espíritos conosco é a verdadeira condição humana. Por isso, o pensador ateniense defendeu, no seu diálogo com o discípulo *Fédon,* que a Alma preexiste e sobrevive à morte do corpo, transmigrando de corpo em corpo para o perfeito conhecimento do bom e do belo, a mesma filosofia da reencarnação agora esclarecida por Allan Kardec.

Sócrates obteve essa certeza por meio dos mesmos recursos teóricos e práticos que Pitágoras, seu antecessor, em cuja escola se praticava a já então milenar mística indiana da meditação para autoconhecimento mediante intercâmbio mediúnico com os Espíritos. O filósofo de Tarso, por sua vez, vivia com a plena certeza de ser um Espírito que sobreviveria à morte física, pois, além de ser formado na mesma filosofia grega dos nobres pensadores helênicos e na mística hebraica, testemunhara, na Estrada de Damasco, a continuidade da vida de Jesus, recentemente crucificado. Essa experiência mediúnica obtida diretamente do Cristo lhe facultaria, no futuro, a certeza de ser o próprio Mestre Nazareno a orientá-lo.

Não obstante ser orientado diretamente pelo Espírito Jesus, o apóstolo sabia também que era perseguido na sua tarefa evangelizadora por parte daquela legião de Inteligências nefastas inimigas do Cristo, tanto que ele destacaria essa realidade em sua Primeira Epístola aos Tessalonicenses, capítulo 2, versículos 17-18:

> "Nós, porém, irmãos, privados por um momento de vossa companhia, não de coração, mas só de vista, desejamos muito rever-vos. Quisemos ir visitar-vos – eu mesmo, Paulo, quis fazê-lo muitas vezes –, mas Satanás me impediu."

Satanás é o nome dessa legião espiritual nefasta que divide a atmosfera do planeta com a humanidade. Esta é a verdadeira condição humana, Espíritos encarnados mergulhados num oceano de Espíritos desencarnados ao seu redor, numa simbiose de sentimentos e pensamentos. Consciente dessa realidade, Paulo não se preocupava somente com a sua libertação; por isso, naquela primeira viagem ao Império macedônico, ele demonstraria mais uma modalidade mediúnica da qual era portador, qual seja, a desobsessão espiritual, ato que consiste em afastar os Espíritos levianos que dominam injustamente uma pessoa, libertando-a desse jugo opressor que lhe deprime as forças emocionais e físicas.

De acordo com o relato de Lucas, tendo chegado em Filipos, quando se dirigiam para um local de culto judaico junto da natureza às margens de um rio, Paulo incomodou-se com o assédio persistente de um Espírito irônico que, valendo-se das faculdades orais de uma jovem médium por ele dominada, dirigia-lhes bajuladores e falsos elogios, vociferando:

"Estes homens são servos do Deus Altíssimo, que vos anunciam o caminho da salvação. Isto ela o fez por vários dias." (At 16,17-18).

Compadecido dessa inexperiente médium e fatigado com tanta leviandade, Paulo repreendeu, com energia, o Espírito que a dominava, sentenciando:

"Em nome de Jesus Cristo, eu te ordeno que te retires dela. E na mesma hora saiu." (At 17,18).

Esse fenômeno mediúnico é ainda mais notável, uma vez que a imediata libertação espiritual da jovem foi idêntica àquela realizada por Jesus diante dos seus estupefatos discípulos, quando, atendendo à súplica de um pai, o Profeta Nazareno cura o seu filho adolescente que, desde tenra idade, era constrangido pela ação de um Espírito vingativo, afastando, definitivamente, aquela entidade e libertando o jovem *endemoninhado,* quando os Seus apóstolos não haviam obtido êxito.

Sabe-se atualmente, pelas revelações do Espiritismo, que esses fenômenos de libertações espirituais imediatas ocorrem por uma acurada percepção mediúnica e, principalmente, pela superioridade moral do médium em relação ao Espírito obsessor. Jesus já era um Espírito puro quando de sua encarnação terrena, por isso obteve sucesso imediato em libertar aquele jovem do jugo do *daimon* obsessor, enquanto Seus discípulos ainda oscilavam na Fé. Paulo de Tarso, se bem que não tivesse a mesma elevação moral do Mestre, no entanto, porque já se encontrava em verdadeiro trabalho de modificação dos seus próprios sentimentos, era apoiado pelo Espírito do Senhor, que supria suas fragilidades morais, conseguindo realizar também aquela cura com a máxima eficiência.

Não obstante a exclusiva preocupação caridosa com que sempre agia, assim como nas ocasiões anteriores, após realizar mais este fenômeno mediúnico em nome do Cristo, Paulo novamente receberia como pagamento somente a injustiça, fruto direto do egoísmo humano, suportando mais uma arbitrária condenação com violentos açoites. O Mestre, porém, aproveitaria mais essa oportunidade para lhe prestar novas lições de humildade. A jovem médium era escrava e, nessa condição, tinha suas faculdades transcendentes exploradas por seus senhores, os quais obtinham significativos lucros com seus eficientes vaticínios. Aquele Espírito leviano que dela se valia foi afastado pelo médium Paulo, e ela, assim, liberta daquela opressão, vislumbrou, inspirada pela pregação cristã dos apóstolos, inéditas e moralmente mais elevadas possibilidades para os seus dons mediúnicos, abandonando a sua exploração econômica.

Privados dos dividendos, até então fartamente colhidos das suas adivinhações, e inconformados, seus senhores mobilizaram a população ignorante e agarraram Paulo e Silas. Arrastando-os para a praça pública, apresentaram-nos perante magistrados, levianamente formulando contra eles falsa acusação de que, por serem judeus e pregarem costumes contrários aos romanos, promoviam arruaça e perturbação da paz, exigindo imediatas reprimendas judiciais. Mediante este injusto libelo acusatório, os carrascos, por decisão sumária dos magistrados, rasgaram as vestes deles e os surraram em público, lançando-os numa prisão de segurança máxima e atando-lhes os pés em férreas correntes. (At 16,19-24).

Prestada mais essa lição de humildade ao apóstolo, decorridas algumas horas o Espírito Jesus aproveitou um fenômeno da natureza para realizar outro feito mediúnico marcante. Por volta da meia-noite, durante um terremoto tão comum naquela região do planeta, os Espíritos comandados pelo Senhor, conjugando essas forças telúricas com a potência mediúnica do apóstolo, romperam as correntes e as cadeias que os prendiam, libertando-os.

Pela manhã, ao ver as portas das celas abertas, julgando-se comprometido perante a lei do César pela fuga dos prisioneiros, o carcereiro, desesperado, atendendo a um impulso nefasto a ele imposto por seus inimigos espirituais e por aquela mesma legião trevosa que buscava impedir o trabalho de evangelização dos apóstolos, intenta suicidar-se, no que é imediatamente impedido por Paulo de Tarso, que grita em seu socorro, sustando aquele desatino.

Esse exemplo de ética e de verdadeira fraternidade da parte dos prisioneiros converteu o funcionário de Roma, que os conduziu até sua casa, curando suas feridas e alimentando-os, e fundou ali mais um núcleo de estudos evangélicos para a prática do amor cristão naquelas novas terras macedônicas.

Diante daquele inusitado fenômeno mediúnico de natureza física, que lhes parecia miraculoso, os magistrados de Filipos, arrependidos, determinaram a soltura dos prisioneiros, suplicando-lhes escusas. Paulo de Tarso, visando fortalecer os domínios do Cristo naquela região, evidenciou a injustiça daquele encarceramento e flagelação e evocou, pela primeira vez, o seu título de cidadão romano, exigindo a presença daqueles juízes para realizarem, pessoalmente, a sua libertação, no que foi prontamente atendido, para admiração da população.

Ambos os episódios mediúnicos ocorridos na chegada dos apóstolos à Macedônia mostram o principal efeito do Evangelho de Jesus na vida dos fiéis, que é o de realizar a libertação. Tanto a quebra da prisão espiritual da jovem médium, fenômeno transcendente de ordem moral, quanto a ruptura das cadeias férreas que atavam os apóstolos, realizada pela mediunidade de efeitos físicos da qual Paulo era também portador, foram produzidas sob a coordenação do Espírito do Senhor, a fim de que a liberdade fosse destacada como o principal valor do ser humano.

A sequência temporal com que os dois fenômenos ocorreram revela não apenas os benefícios dessa potência humana, que é a mediunidade, desde que conduzida para o bem, mas principalmente a divina pedagogia moral de Jesus, que é tanto a causa quanto a mais elevada finalidade para a prática mediúnica. Os germens dessa faculdade são inculcados pelo Criador em todas as criaturas inteligentes no momento da Criação, que os desenvolvem na sua infinita evolução reencarnatória até atingirem a perfeição espiritual, "como perfeito é o Pai que está no Céu", realizando, assim, o *Nirvana* e a plena libertação da roda da *Samsara,* o ciclo das reencarnações.

Sócrates viveu e morreu com liberdade porque era plenamente consciente de que a verdadeira condição humana é a da preexistência e transmigração das Almas. Paulo de Tarso, realizando, cada dia mais, plena comunhão de sentimentos com o Cristo ressuscitado, mesmo tendo seus grilhões rompidos por atuação mediúnica do Espírito Jesus, não fugiu, preservando a vida do carcereiro e cumprindo a verdadeira ética *cristã* de "dar a César o que é de César". Foi assim que, atendendo pacificamente às recomendações do Mestre de Nazaré, o Apóstolo dos Gentios nos deixou imorredoura lição de que é libertando que se é libertado.

EPISÓDIO 7

"O FILÓSOFO DO SENHOR"

Athenas

DEPOIS DE CUMPRIR a primeira etapa de sua Missão como defensor do direito das gentes, dando a conhecer o Cristo ressuscitado nas terras da Ásia Menor, atendendo mais uma vez às determinações do Espírito Jesus, Paulo de Tarso se encaminharia para a Macedônia, porta de entrada da Europa, onde enfrentaria, além do radicalismo religioso e o dogmatismo de seus ex-confrades da tradição hebraica, o orgulho e a vaidade intelectual dos ilustrados pensadores daquele antigo Império de Alexandre, o Grande.

Naquelas terras, notáveis desde o século IV antes de Cristo, por ter sido berço dos mais requintados filósofos, depois de uma passagem fenomenal por Filipos, onde manifestara, mais uma vez, as potências da sua faculdade mediúnica, para a realização de efeitos morais e fisiológicos, libertando uma pitonisa escrava da exploração financeira de seus proprietários, Paulo seria impulsionado para a cidade de Tessalônica, antigo campo de trabalho de Aristóteles, o filósofo nascido na vizinha cidade de Estagira.

A partir dessa região, os dons intelectuais e o conhecimento filosófico de Paulo de Tarso seriam colocados à prova, pois Tessalônica fora sede governamental de Alexandre Magno, o jovem imperador que, expandindo os territórios do reino de seu pai, Felipe da Macedônia, desde o Mar Adriático até à Índia, estabeleceu uma profunda mudança na cultura e na religião do mundo antigo, levando para a Ásia os padrões arquitetônicos gregos e trazendo para a Europa as mais antigas tradições filosóficas e religiosas, realizando, assim, o mais significativo movimento cultural da antiguidade, o helenismo.

Entre as cidades beneficiadas com aquela política expansionista cultural grega, encontrava-se Tarso, um dos pilares culturais de Alexandre Magno, onde, três séculos depois, um jovem fariseu de nome Saulo se formaria filósofo, sem imaginar que, dentro em breve, enfrentaria sua maior e mais desafiadora batalha intelectual, atendendo à orientação do Espírito Jesus para divulgar a mensagem Dele nas antigas terras do famoso conquistador, uma vez que elas eram o berço intelectual de Aristóteles, o mais completo filósofo da antiguidade.

Logo ao chegar em Tessalônica, como nas outras cidades já percorridas, Paulo buscou o ambiente cultural religioso das sinagogas, formulando suas prédicas em nome do Cristo e debatendo com os judeus a partir das Escrituras, para, logo em seguida, testemunhar-lhes a ressurreição e os fenomenais eventos da Boa Nova, que demonstravam ser aquele Jesus de Nazaré o Messias prometido.

Segundo o relato de Lucas em o *Atos dos Apóstolos,* Paulo:

> Explicou-lhes e demonstrou-lhes que era preciso que o Cristo sofresse e depois ressurgisse dentre os mortos. "E o Cristo, dizia ele, é este Jesus que eu vos anuncio". Alguns dentre eles se convenceram e se uniram a Paulo e a Silas, assim como grande multidão de adoradores de Deus e gregos, bem como não poucas das mulheres. (At 17,3-4).

Esse sucesso do apóstolo, ao conquistar número significativo de prosélitos para a Verdade do Cristo em Tessalônica, provocou nova onda de ciúmes nos adeptos judeus, que, assim como os religiosos de Filipos, tumultuando a cidade, iniciaram violenta perseguição aos pregadores Paulo e Silas. Não os encontrando, vingaram-se deles caindo sobre um cidadão tessalônico recém-convertido por Paulo, Jasão, e os membros de sua família, prendendo-os sob falsas acusações de sedição contra os interesses do César e por haverem acolhido aqueles pregadores que "andaram revolucionando o mundo inteiro" (At 17,6).

Cientes dessa nova armadilha engendrada pelos cidadãos judeus de Tessalônica, Paulo e Silas foram conduzidos, pelos adeptos cristãos, para a vizinha cidade de Bereia, onde o testemunho do apóstolo seria recebido pelos frequentadores da sinagoga ainda com mais entusiasmo, uma vez que, segundo Lucas, os sentimentos dos judeus de Bereia eram mais nobres em relação aos de Tessalônica. "Por isso, muitos dentre eles tornaram-se crentes, também dentre as mulheres gregas de alta posição, e não poucos homens" (At 17,11-12).

O novo sucesso do apóstolo na demonstração de Jesus de Nazaré como o Messias prometido não passaria desapercebido daquela legião espiritual trevosa que lutava contra a divulgação dessa Boa Nova. Assim, intensificando sua perseguição nefasta aos apóstolos, os Espíritos inimigos do Cristo mobilizaram os invejosos cidadãos judeus de Tessalônica, que instigaram novamente, partindo para Bereia, a multidão contra os pregadores, fazendo com que Paulo fugisse até ao mar e, de lá, após despedir-se de Silas e Timóteo, combinando aguardá-los no novo destino, se encaminhasse para Atenas.

Na capital da Filosofia, Paulo teria o seu apostolado testado de forma ainda mais dura, pois se, até então, em todas as cidades onde pregou a Boa Nova do Cristo, o seu desafio maior foi sobreviver às injustiças daquela nefasta "nuvem de testemunhas", que sempre culminaram em prisões, açoites e injúrias morais, na cidade dos filósofos sua humilhação dar-se-ia no campo dos sentimentos.

Atenas não era somente a metrópole dos deuses, mas, igualmente, era a capital cultural do mundo romano, gozando do prestígio conquistado nos últimos quatro séculos, onde se concentrava a mais numerosa e diversificada universidade filosófica, sendo a sede das mais famosas escolas de Filosofia da Grécia Clássica : a Academia de Platão e o Liceu de Aristóteles. Por isso, Paulo agasalhava, desde muito tempo, o desejo de conquistar para o Cristo aquela intelectualizada metrópole. Esta era a oportunidade por ele tão ansiada.

A cidade dos templos lustrosos fervilhava de cultura e de religião, revelando, em cada canto das suas agitadas vielas, um altar dedicado aos inúmeros deuses, tanto do panteão grego quanto dos atuais conquistadores romanos. Não menos numerosos eram os judeus em Atenas, sempre manifestando, de forma ostensiva, seus costumes religiosos entre os pagãos atenienses e debatendo as Escrituras no ambiente das suas herméticas sinagogas.

De acordo com o relato de Lucas, Paulo:

> Enquanto os esperava em Atenas, seu Espírito inflamava-se dentro dele, ao ver a cidade cheia de ídolos. Disputava, por isso, na sinagoga, com os judeus e com os adoradores de Deus; e na ágora, a qualquer hora do dia, com os que a frequentavam. Até mesmo alguns filósofos epicureus e estoicos o abordavam. E alguns diziam: "Que quer dizer este tagarela?" E outros: "Parece um pregador de divindades estrangeiras". Isto, porque ele anunciava Jesus e a Ressurreição. (At 17,16-18).

O sucesso da pregação de Paulo na Ágora, a praça pública ateniense, onde se concentravam, além do comércio, os mais exaltados debates políticos e os mais refinados discursos intelectuais, chamaram a atenção de um renomado filósofo, Dionísio, ilustre membro do Areópago, a mais alta corte política e filosófica daquela cidade, instalado num luxuoso templo dedicado ao deus Ares, aos pés do sublime Párthenon dedicado à deusa Athená. Impressionado com o discurso de Paulo, Dionísio, gozando de prestígio entre seus pares, conduziu o Apóstolo dos Gentios para proferir o tão ansiado discurso perante a elite cultural e religiosa do antigo mundo greco-romano.

A tradição filosófica ateniense notabilizou-se há séculos, impulsionada pelos famosos diálogos morais de Sócrates e pelos ensinos de Platão e Aristóteles. Foi sobre a filosofia do velho pensador ateniense que Platão desenvolveu uma epistemologia assente no princípio da preexistência e transmigração das Almas, registrando esta ciência do conhecimento socrático no seu livro *Fédon,* no qual o "mais sábio dos homens" demonstra a realidade da reencarnação ao parturir conhecimentos inatos de um escravo de propriedade do nobre jovem que dá nome ao texto.

No mundo helênico, o princípio da preexistência e transmigração das Almas era defendido como fundamentação científica para o conhecimento, no período denominado pré-socrático, quando os filósofos Tales de Mileto, Pitágoras de Samos e Heráclito de Éfesus, todos oriundos da Ásia Menor, atual Turquia, interpretaram a mitologia grega sob as luzes da milenar filosofia vedântica da Índia, estabelecendo as bases para o pensamento ocidental que seria incrementado cinco séculos depois pelo Cristianismo.

Esta certeza sobre a reencarnação dos Espíritos permitiu ao filósofo Heráclito de Éfesus deduzir um de seus mais refinados aforismos:

> Imortais mortais, mortais imortais, vivendo da morte destes, mas morrendo a sua vida.

Sri Aurobindo, filósofo indiano parceiro de Ghandi na revolução de 1947, interpretando esse hermético ensinamento do pensador de Éfesus sob as luzes das Upanishads, identifica nele o mesmo princípio vedântico da *Sansara*. Heráclito afirma serem os deuses imortais nada mais que Espíritos humanos já aperfeiçoados pela roda da reencarnação e que, portanto, não mais necessitariam renascer em novos corpos mortais. Por sua vez, os homens seriam os deuses mortais, Espíritos ainda não totalmente purificados e que, por isso, necessitam da experiência reencarnatória para a evolução, o que é para eles a morte da consciência pregressa pela prisão corporal.

Na Ilha de Samos, situada na Ásia Menor, nasceu Pitágoras, um dos mais renomados filósofos da antiguidade. Depois de adquirir fama como matemático e de ensinar, por todo o mundo grego, os mesmos conhecimentos teóricos sobre a preexistência e a transmigração das Almas, a mesma filosofia da reencarnação, Pitágoras mudou-se para a cidade de Crotona, na Itália, onde fundou uma Escola que se notabilizou por realizar, como prática filosófica, reuniões de médiuns para se comunicarem com os *Daimons,* os Espíritos desencarnados, repetindo a mesma hermética tradição bramanista indiana.

Sócrates, herdeiro da tradição filosófica de Tales de Mileto, Pitágoras de Samos e Heráclito de Éfesus, vivia com a consciência dessa realidade humana e sob uma fé incondicional nas orientações do seu *Daimon,* o seu Espírito Protetor. A confiança do filósofo na comunicação espiritual era tamanha que, poucos minutos após receber sua sentença de morte, justificando os termos da defesa que apresentara diante dos julgadores que o condenaram, assim falou o velho filósofo ateniense:

O que me ocorreu, senhores juízes, a vós é que chamo com tino de juízes, foi algo prodigioso. A usual inspiração, a da divindade, sempre foi rigorosamente assídua em opor-se a ações mínimas, quando eu ia cometer um erro; agora, porém, acaba de me ocorrer o que vós estais vendo, o que se poderia considerar, e há quem o faça, como o maior dos males; mas a advertência divina não se me opôs de manhã, ao sair de casa, nem enquanto subia aqui para o tribunal, nem quando ia dizer alguma coisa; no entanto, quantas vezes ela me conteve em meio de outros discursos! Mas hoje não se me opôs vez alguma no decorrer do julgamento, em nenhuma ação ou palavra. A que devo atribuir isso? Vou dizer-vos: é bem possível que seja um bem para mim o que aconteceu e não é obrigatório acreditar que a morte seja um mal. Disso tenho agora uma boa prova, porque a usual advertência não poderia deixar de opor-se, se não fosse uma ação boa o que eu estava para praticar. (PLATÃO, *Apologia de Sócrates,* p. 95).

Não foi por outro fundamento, senão por ser absolutamente consciente da reencarnação, que Sócrates enfrentou sua sentença de morte, afirmando perante os estupefatos membros do Areópago:

Bem, é chegada a hora de partirmos, eu para a morte, vós para a vida. Quem segue melhor destino, se eu, se vós, é segredo para todos, exceto para a divindade. (PLATÃO, Apologia de Sócrates, p. 96).

Desde Tales, Pitágoras e Heráclito, este era o fundamento existencial humano preponderante no mundo helênico nos tempos de Sócrates, Platão e Aristóteles, a certeza da reencarnação. Ocorre que, quatro séculos depois, já nos tempos de Paulo de Tarso, prevalecia, em Atenas, os pensamentos Estoico e Epicurista, cujos adeptos, ouvindo o seu discurso na Ágora, abordaram o filósofo cristão solicitando esclarecimentos sobre aquela Boa Nova.

A base do pensamento de Epicuro, filósofo nascido em Atenas por volta de 342 a.C., mas que crescera, tal como Pitágoras, na ilha de Samos, na Ásia Menor, é uma ontologia segundo a qual tudo o que existe é constituído a partir de matéria no estado original atômico, indivisível, tal como já pleiteara Demócrito da vizinha cidade de Mileto.

Zenão de Citio, fundador da escola Estoica e oriundo do Chipre, tal qual Epicuro, elaborou uma forma de se pensar o Ser Humano que, no helenismo, ficou conhecida como *naturalismo,* ou seja, a essência de todo Ser é, igualmente, a matéria natural.

Tais pensadores eram oriundos da Jônia, rica

região da Ásia Menor situada entre a Ásia e a Europa e rota do intenso comércio mantido com a China e a Índia. Esse intercâmbio comercial trouxe até os filósofos jônicos a já milenar filosofia vedântica indiana, fonte primária do pensamento atomista de Demócrito, Epicuro e de Zenão de Cítio.

De acordo com Sri Aurobindo, em sua obra *Vida Divina,* este pensamento naturalista de Epicuro e Zenão nada mais seria que uma vertente da filosofia *Upanishad* denominada *Materialismo monista,* segundo a qual, a origem de todo o Ser é a Matéria, ou a Energia: "Pois da Matéria todo o existente nasce, pela Matéria ele cresce, e à Matéria ele retorna". (Taittirîya Upanishad, III,11-2)

Tanto a ontologia Epicurista quanto a Estoica têm, portanto, sua fonte primordial no pensamento vedântico indiano de vertente materialista, negando qualquer forma de transcendência ou espiritualismo, embora constituísse também uma Ética para pacificação do Ser, visando o convívio ideal na Pólis.

O Areópago, o supremo tribunal ateniense no qual, três séculos antes, Sócrates fora condenado, era agora constituído por uma elite política e filosófica epicurista e estoica, e que, portanto, perdera qualquer relação com o pensamento espiritualista- -reencarnacionista de Sócrates e Platão. Por isso, a nova ontologia do Espírito, pregada por Paulo de

Tarso, chocaria profundamente a mentalidade filosófica da Atenas do primeiro século da nova era cristã.

Com o seu discurso na Ágora ateniense, o filósofo cristão-helenista não apenas retomava a ontologia do Espírito socrático-platônica, como testemunhava, de forma inédita na história da humanidade, o fenômeno da ressurreição espiritual, por meio do qual um ser humano, três dias depois da morte do seu corpo, mostrou-se absolutamente vivo e autoconsciente da sua personalidade individual.

Embora para Sócrates, Platão e Aristóteles este fenômeno nada tivesse de anormal, para os adeptos do Epicurismo e do Estoicismo dominantes na Atenas dos tempos de Paulo, isso era uma heresia intelectual, pois, segundo criam, depois da morte do corpo o Ser se transformava em Nada.

É também Lucas quem narra esse episódio de triste desfecho para o filósofo cristão, no livro *Atos dos Apóstolos,* capítulo 17, versículos 19-34:

> Tomando-o então pela mão, conduziram-no ao Areópago, dizendo: "Poderíamos saber qual é essa nova doutrina apresentada por ti? Pois são coisas estranhas que nos trazes aos ouvidos. Queremos, pois, saber o que isto quer dizer."

Todos os atenienses, com efeito, e também os estrangeiros aí residentes, não se entretinham noutra coisa senão em dizer, ou ouvir, as últimas novidades.

De pé, então, no meio do Areópago, Paulo falou:

Cidadãos atenienses! Vejo que, sob todos os aspectos, sois os mais religiosos dos homens. Pois, percorrendo a vossa cidade e observando monumentos sagrados, encontrei até um altar com a inscrição: "Ao Deus desconhecido". Ora bem, o que adorais sem conhecer, isto venho eu anunciar-vos.

O Deus que fez o mundo e tudo o que nele existe, o Senhor do céu e da terra, não habita em templos feitos por mãos humanas. Também não é servido por mãos humanas, como se precisasse de alguma coisa, ele que a todos dá a vida, respiração e tudo o mais. [...] Tudo isto para que procurassem a divindade e, mesmo se às apalpadelas, se esforçassem por encontrá-la, embora não esteja longe de cada um de nós. Pois nele vivemos, nos movemos e existimos, como alguns dos vossos, aliás, já disseram: "Porque somos de sua raça."

Ora, se nós somos de raça divina, não podemos pensar que a divindade seja semelhante ao ouro, à prata, ou à pedra, ou a uma escultura da arte e engenho humanos.

Por isso, não levando em conta os tempos da ignorância, Deus agora notifica aos homens que todos e em toda parte se arrependam, porque ele fixou um dia no qual julgará o mundo com justiça por meio do homem a quem designou, dando-lhe crédito diante de todos, ao ressuscitá-lo dentre os mortos.

Ao ouvirem falar da ressurreição dos mortos, alguns começaram a zombar, enquanto outros diziam: "A respeito disso te ouviremos outra vez". Foi assim que Paulo retirou-se do meio deles. Alguns homens, porém, aderiram a ele e tornaram-se crentes. Entre esses achava-se Dionísio, o Areopagita, bem como uma mulher, de nome Dâmaris, e ainda outros com eles."

Tal como vinha suportando desde o seu furioso ataque contra os cristãos de Jerusalém, e durante todo o período de sua peregrinação apostolar em nome do Cristo, que o conduzira até este momento em Atenas, Paulo sofreu também, neste primeiro embate entre o intelectualismo acadêmico e a fé cristã, os efeitos deletérios da influência nefasta dos Espíritos inferiores no cotidiano da humanidade. Quem atentar para o comportamento dos doutores do Areópago perceberá, com nitidez, os sinais de uma obsessão espiritual coletiva, pelo desrespeito e pelas zombarias com que trataram o pensador cristão, comportamento esse indigno de verdadeiros filósofos.

No entanto, esta, que seria uma humilhante derrota para a retórica daquele ilustrado pregador cristão e refinado filósofo helenista, tornar-se-ia a primeira e a mais exemplar batalha do Cristianismo para o enfrentamento do milenar Materialismo, pois, dentro de poucas décadas, a filosofia espiritualista de Jesus dominaria as consciências daquele primeiro século. A zombaria enfrentada por Paulo, da parte de uma pseudoelite intelectual de Atenas, é a mesma que foi retomada, contemporaneamente, a partir de Friedrich Niezstche, pensador alemão cuja filosofia forneceu a matriz teórica da Psicanálise Freudiana, fonte primária de todo o equívoco Materialista que dominou as academias europeias e americanas.

Poucos filósofos das religiões já se deram

conta de que, na verdade, esse debate é muito anterior ao próprio cristianismo e judaísmo, uma vez que a filosofia vedântica indiana é a base tanto do Materialismo Naturalista estoico e epicurista quanto do Teísmo Criacionista judaico cristão. De acordo com Sri Aurobindo, as *Upanishads* contêm o primeiro registro escrito sobre como Brahman, o Deus único das tradições indianas, criou todo o Universo material e espiritual:

> Uma Realidade omnipresente é a verdade de toda a vida e de toda a existência, seja absoluta ou relativa, corporal ou incorpórea, animada ou inanimada, inteligente ou não-inteligente. [...] Dessa Realidade nascem todas as variações, nela todas as variações estão contidas e para ela todas as variações retornam. [...] Brahman é o Alpha e o Ômega. Brahman é O Uno fora do qual nenhum outro existe." (*Vida Divina,* p. 48).

Para Aurobindo, "O Brahman é uma realidade omnipresente e não mais uma causa omnipresente de constantes ilusões" (Vida Divina, p. 44). "A mais alta experiência dessa Realidade dentro do universo nos mostra que ela é não somente uma Existência consciente, mas uma Inteligência e uma Força supremas, e uma Beatitude existente em si" (*Vida Divina,* p. 46). O caminho para as Consciências individuais se voltarem para essa Realidade e gozarem Beatitude é o Yoga.

Se atentarmos para o discurso do filósofo Paulo de Tarso diante do Areópago, constataremos que ele formula essa mesma expressão da Verdade, quando afirma:

> O Deus que fez o mundo e tudo o que nele existe, o Senhor do céu e da terra, não habita em templos feitos por mãos humanas. Também não é servido por mãos humanas, como se precisasse de alguma coisa, ele que a todos dá a vida, respiração e tudo o mais. Iguais ele fez toda a raça humana para habitar sobre toda a face da terra, fixando os tempos anteriormente determinados e os limites do seu hábitat. Tudo isto para que procurassem a divindade e, mesmo se às apalpadelas, se esforçassem por encontrá-la, embora não esteja longe de cada um de nós. Pois nele vivemos, e nos movemos, e existimos, como alguns dos vossos, aliás, já disseram. (At 17,24-28).

Eis o verdadeiro Deus dos cristãos, o mesmo

Deus dos Hindus, que é igualmente o Deus de Abraão, de Isaac e de Jacó revelado por Moisés no Deuteronômio (9,27), o Deus Pai Criador amoroso apresentado por Jesus. A essência espiritual do ser humano é a Verdade universal apresentada por Paulo de Tarso diante dos filósofos pagãos atenienses. Entretanto, essa realidade do Espírito reencarnado, aceita por Sócrates, Platão e Aristóteles, manifestada na vida e ressurreição de Jesus de Nazaré, foi rejeitada com zombaria pela elite materialista ateniense, obliterada que se encontrava pela legião de Espíritos nefastos que trabalham incessantemente para ocultar a Verdade.

Dois mil anos se passaram desde então, e o Materialismo filosófico ainda perdura nos renovados tribunais acadêmicos, apoiado por uma endurecida metodologia científica que, ao negar a existência do Espírito, impede à humanidade a possibilidade de experienciar a verdadeira condição humana, perpetuando o erro hedonista como a equívoca via para a felicidade.

Paulo testemunhou, na Estrada de Damasco, que a verdadeira condição humana é a do Espírito imortal, mediante o inequívoco fato da ressurreição de Jesus. O Mestre dos Filósofos, por sua vez, formulara, no Sermão do Monte, a mais perfeita lição de Ética como o caminho para a verdadeira felicidade. Essa foi a Boa Nova rejeitada pelos intelectuais atenienses e que, na atualidade, continua a ser objeto de zombaria por parte de uma pseudoelite intelectual acadêmica, a qual, ainda desprezando testemunhos fiéis como o de Paulo de Tarso, fecha, à sua frente, a porta que se lhe abriria os olhos para a Verdade.

O Apóstolo das Gentes, apesar de inicialmente abalado pelo fracasso de Atenas, prosseguiu na sua missão, heroicamente resistindo aos impulsos nefastos da iniquidade daquela legião espiritual inferior e dos homens que lhe serviam de instrumento. Deixando para trás aquele triste episódio e a frieza intelectual acadêmica, Paulo se encaminharia para a cidade de Corinto, onde encontraria corações e espíritos mais abertos à Verdade e recuperaria sua estima e confiança para continuar servindo ao Cristo. Retomando o seu hábito de recolhimento em preces, ele seria, mais uma vez, inspirado pelo Espírito Jesus no uso da sua faculdade mediúnica, passando a realizar grandiosos trabalhos filosóficos por meio das suas famosas epístolas, fortalecendo ainda mais sua fé e sua inabalável coragem para a predicação da Verdade.

EPISÓDIO 8

"O PREGADOR DA VERDADE"

Corinto

APÓS O DECEPCIONANTE encontro com a frieza intelectual dos filósofos epicuristas e estoicos e das autoridades no Areópago de Atenas, Paulo percorreria sozinho os 80 quilômetros que separam a capital da filosofia da sua vizinha cidade de Corinto, entristecido e remoendo as zombarias daquela selecta e hipócrita plateia. Esse curto trajeto seria o mais duro já vencido pelo apóstolo, cumprindo-o na solidão do fracasso, quando, em toda parte por onde passara, apesar das prisões e açoites, sempre conquistara alguns corações para o Cristo. Não em Atenas. Tocado fundamente na sua vaidade intelectual pelo desprezo ateniense à sua filosofia cristã, o apóstolo experimentaria, na Alma, os efeitos desse vício moral, deprimindo o seu, até então inabalável, ânimo de serviço ao Senhor.

Ensimesmado e remoendo aquele fracasso, Paulo deu acesso à dúvida que lhe foi soprada em seus pensamentos por aquela nuvem de testemunhas espirituais inimigas do Cristo, que o vigiavam de perto, estimulando os risos do Areópago e fazendo com que ele, humilhado, se angustiasse, o que afetava profundamente a sua vontade, e questionasse, pela primeira vez, a sua até então indefectível capacidade para o trabalho em nome do Senhor.

Paulo se esqueceu do refúgio da prece e seguiu deprimido naquela jornada, atingindo, enfermo, a cidade de Corinto. A capital da província romana da Acaia era uma agitada urbe de quase meio milhão de habitantes, figurando como a mais próspera cidade do comércio grego, por contar dois importantes portos estrategicamente localizados, sendo a interligação favorita dos navegadores que cruzavam aqueles mares entre a Ásia, África e a Europa.

Não obstante a sua riqueza, aquela pérola do peloponeso era uma cidade desprezada pelos atenienses, que a consideravam perdida pela tolerância irrestrita à prostituição, profissão muito comum naquele tempo, mas que, em Corinto, alcançava um nível exponencial. Segundo a crença, a cidade era protegida por Afrodite, a deusa do amor; por isso, as profissionais do sexo, com o beneplácito da população em geral, sustentavam com suas generosas oferendas o luxo e a riqueza da Acrópole, onde fora construído o suntuoso templo dedicado àquela sedutora divindade.

Uma vez por ano, a cidade promovia um grande festival em louvor à entidade provedora da fertilidade e da prosperidade de Corinto. O momento culminante dos festejos era aguardado com ansiedade pela população masculina, pois, durante todo um mês, desciam do templo as duas mil sacerdotisas, médiuns responsáveis pelos rituais religiosos, entregando-se a um espetáculo de sexo grupal como prática devocional e fonte de rendas para as atividades litúrgicas daquela luxuosa morada, num ofício de prostituição sagrada cultuado com devoção pela população.

No seu coração, o apóstolo sabia que o Cristo tinha urgência em conquistar Corinto. Por isso, muito abalado pela lâmina cortante da dúvida e desestimulado diante da difícil tarefa de evangelização daqueles pagãos de tão contraditórios hábitos religiosos, apesar da profunda depressão e da debilidade física que o acometiam em virtude do assédio espiritual a lhe minar o ânimo, ele seguiu para aquela marginalizada urbe.

A dúvida é uma força perniciosa na busca pela

verdade e, por isso, deve ser contida por outra força da Alma: a Fé. Ciência e Religião não podem prescindir da fé, pois é ela quem impulsiona o conhecimento. Entretanto, se a fé deve submeter-se à crítica da razão, que lhe amplia e esclarece o olhar ao mesmo tempo que impõe a ela uma necessária Ética, a dúvida, contrariamente, nunca é produtiva, pois é sempre fruto da ignorância preconceituosa que impede o avanço dos saberes religiosos e científicos.

Foi a força da dúvida, nele incutida pelo pensamento intrusivo daquela legião espiritual maléfica, que se aproveitou da sua frustração na vaidade intelectual, que levou Paulo de Tarso a questionar sua capacidade apostólica e fez com que ele deixasse rapidamente Atenas, vencido pela zombaria do Areópago. Mal influenciado espiritualmente, o apóstolo não percebeu de imediato que, assim agindo, duvidava também da sua faculdade mediúnica, uma vez que se encaminhara para Macedônia e Atenas estimulado pelo Espírito Jesus, quando ainda se encontrava na cidade de Troia.

A esterilidade espiritual, que imperava nos intelectuais do Areópago de Atenas e que frustrou brutalmente o apóstolo do Cristo, é a mesma que, nesses últimos dois milênios, levou à falência moral muitos Espíritos reencarnados na Terra que, pensando-se preparados para a difícil tarefa de exposição da Verdade Cristã, prematuramente se comprometeram com essa missão, falindo gravemente. Invigilantes e enfraquecidos na carne por seus vícios morais, foram essas Almas infelizes que, igualmente impulsionadas por aquelas inteligências milenares inimigas da Verdade, instauraram, na Idade Média, um triste período de terror espiritual, ironicamente conhecido como "Santa Inquisição", cometendo atrocidades supostamente em nome de Jesus por mais de oito séculos e, assim, aprisionando suas consciências àquele triste período da humanidade.

Ao retornarem para o mundo espiritual pela morte física, essas antigas autoridades religiosas, homens vaidosos e orgulhosos, frustrados na sua expectativa de colherem injustificadas benesses divinas, revoltaram-se contra o Criador e passaram a servir essa legião nefasta, tornando-se fontes de propagação da dúvida quanto à realidade do Espírito imortal. Com seu orgulho ferido, séculos depois ainda permanecem essas Inteligências infelizes dominando os pensamentos de alguns talentos no mundo, tais como o filósofo Friedrich Nietzsche, que, ignorando essa realidade humana, serviu como médium inconsciente para a sua deletéria inspiração, morrendo completamente louco, mas conduzindo

Sigmund Freud e as ciências psicológicas para esta insanidade materialista.

A falência moral de grande parte dos homens da Política e das Religiões, causando guerras e promovendo genocídios, também não tem outra causa senão essa mesma realidade da influência determinante dos pensamentos dos Espíritos ignorantes sobre nossa enfraquecida virtude Ética.

Não obstante essa realidade humana, no século XIX, tal qual Paulo de Tarso, resistindo ao império dessa iníqua legião espiritual trevosa, outro pensador cristão, o escritor russo Fiódor Dostoiévisky (1821-1881), em seu conto *O Sonho de um Homem Ridículo*, expôs o seu drama de homem místico num século materialista, por meio de um personagem médium que, num momento de fuga das prisões sensoriais durante o transe do sono natural, testemunha a imortalidade da Alma. Como o próprio título da obra evidencia, fora ele também ridicularizado.

Felizmente, o decurso da história faz com que, depois de enfrentarem a zombaria intelectual dos pseudossábios do seu tempo, por ousarem testemunhar que o homem nada mais é que um Espírito imortal vivendo em um corpo mortal, evidenciada a impotência das ciências psicológicas e da filosofia materialista para explicar a Vida humana, sejam esses profetas reconhecidos como transmissores da Verdade. No entanto, não tendo ainda gozado esse reconhecimento, Dostoiévisky lamentou:

"Ah! Como é duro conhecer a verdade sozinho!"

Esse deve ter sido o pensamento recorrente de Paulo de Tarso na sua solitária peregrinação de Atenas para Corinto. Seu testemunho, que já havia sido questionado pelos discípulos diretos de Jesus, era agora objeto de zombarias por parte dos hedonistas filósofos atenienses, levando o apóstolo a pensar: como é duro testemunhar o Cristo num mundo de homens soberbos que se deixam conduzir por inteligências espirituais adversárias da Verdade.

Foi para dar testemunho dessa realidade humana, não mediante uma filosofia teórica como Platão e Aristóteles, mas tal como o velho Sócrates, por todos os atos da sua jornada no mundo, que Jesus, humilhado e exangue, calou-se diante de um hipócrita Pôncio Pilatos, quando este o indagou sobre a *veritas*. Cumprindo a sua recomendação de que não se deve debater com a ironia para que não se lancem "pérolas a porcos", o Filósofo de Nazaré se calou diante do governador romano. Três dias depois, entretanto, ele ressurgiria integralmente vivo, evidenciando a Verdade do Espírito imortal de maneira não mais teórica, mas pelo convívio com centenas de testemunhas fidedignas, justificando o retorno da esperança.

Essa magna aula do Mestre dos Filósofos romperia até mesmo com o ceticismo de Tomé, o discípulo descrente que bem poderia ser considerado o patrono da ciência contemporânea, uma vez que este não teve nenhum pudor em afrontar, com seus dedos sujos, a palavra e o corpo espiritual do seu Mestre, mesmo já tendo constatado, com os próprios olhos e ouvidos, aquele inequívoco fenômeno de vida plena.

Foi por conhecer essa leviandade do coração humano que Jesus, primeiro, calou-se diante da pergunta colocada com hipocrisia por Pôncio Pilatos, para três dias depois realizar a mais sublime experiência filosófica e científica na Terra, expondo, de forma inédita, o fenômeno de ressurreição espiritual, demonstrando, publicamente e de maneira inquestionável, a imortalidade da Alma e comprovando, assim, a realidade das lições do velho Sócrates.

Poucos anos haviam decorrido desde que o Mestre vencera a morte, ao se mostrar vivo para mais de quinhentas pessoas durante vários dias naquela endurecida Palestina, quando Paulo de Tarso, enfrentando agora os filósofos atenienses, inconscientes discípulos de Tomé confortavelmente assentados no Areópago de Atenas, confirmou o acerto do Filósofo de Nazaré em não lançar conhecimento elevado a intelectuais de sentimentos rebaixados. Ao zombarem do seu testemunho e da sua experiência com o Cristo ressurrecto na Estrada de Damasco, mais uma vez aqueles acadêmicos de Atenas justificavam a justeza da máxima de Jesus:

> "Não deis aos cães o que é sagrado, nem atireis as vossas pérolas aos porcos, para que não as pisem e, voltando-se contra vós, vos estraçalhem." (Mt 7,6).

Tendo seguido a sós para debater com as inteligências de Atenas e enfrentando a dúvida plantada por Espíritos levianos naqueles seus frios intelectos, sem ter adquirido ainda a devida consciência de que sua luta era também contra "potestades espirituais", Paulo de Tarso sairia daquele encontro com a sua confiança abalada, esquecendo-se da advertência de Jesus em Damasco, de que muito lhe seria necessário sofrer em Seu nome. Sentindo-se incapaz para o trabalho que lhe fora confiado, numa demonstração da sua enorme frustração:

> "Depois disso, Paulo afastou-se de Atenas e foi para Corinto." (At 18,1).

Intimidado pela zombaria dos membros do Areópago, Paulo retirou-se rapidamente de Atenas, quando poderia simplesmente ter retornado para sua pregação na praça pública, onde sempre encontraria corações mais humildes e melhor dispostos para receber o Cristo, pois, ao contrário do que pensava, ele não enfrentara sozinho aqueles filósofos, pois, sendo o trabalho do próprio Cristo, fora o Espírito Jesus quem o encaminhara, desde Trôade, para aquele pedregoso campo de trabalho na Grécia. Por isso, o Mestre estava com ele no seu discurso aos fascinados membros do Areópago. A vaidade ferida de Paulo impediu-o de enxergar o auxílio do Mestre, fazendo com que ele deixasse Atenas prematuramente.

A garantia de que o seu discurso no Areópago foi inspirado pelo Senhor veio com o tempo, pois aquela pregação permanece, até hoje, como um dos mais refinados raciocínios filosóficos sobre o Criador, testemunhando a nobreza da sua transcendente origem. Da mesma forma, apesar de ter sido muito sofrida, para o seu ego, aquela rápida passagem por Atenas, sua rica herança é patente, pois a Grécia é hoje um exemplo de prática devocional cristã, mostrando o sucesso histórico do seu inspirado discurso, que permanece iluminando consciências por todo o mundo dois mil anos depois.

Naquele momento, entretanto, o veneno da dúvida, plantado em sua consciência pela injusta "nuvem de testemunhas" que o seguia de perto, fez com que o apóstolo se esquecesse de que foi o próprio Jesus quem para lá o enviou, empenhando a sua divina palavra de que estaria sempre com ele. Como a experiência na Estrada de Damasco e os inúmeros encontros que vinha mantendo com o Cristo haviam marcado indelevelmente sua Alma, o senso do dever não lhe permitiu muito tempo para sustentar injustificadas lamúrias pela vaidade ofendida.

Paulo era um discípulo escolhido diretamente por Jesus e não podia duvidar daquele Espírito que garantira ao Pai que nenhuma de suas ovelhas se perderia. Foi Ele quem o impulsionou diretamente para a tarefa na Grécia, e o apóstolo sabia que não seria abandonado justamente diante do maior desafio a ser enfrentado pela nova Doutrina, o Materialismo filosófico ateniense!

Por isso, ao chegar a Corinto, Paulo experimentou novamente a força viva do espírito cristão, revigorando-se no reencontro de corações amigos refugiados naquela cidade, especialmente o casal Prisca e Áquila, recém-chegado de Roma, que lhe forneceu alvissareiras notícias sobre a nova comunidade florescente na capital do Império, mas também tristes informes sobre as perseguições iniciadas contra a comunidade judaica pelo Imperador Tibério Cláudio César Augusto, que seriam, poucos anos depois, ferozmente incrementadas por Nero contra os cristãos. O apóstolo recebeu daqueles irmãos o estímulo fraterno para dar continuidade ao seu trabalho.

Segundo Lucas, Paulo:

> Foi, pois, ter com eles. Como exercesse a mesma atividade artesanal, ficou ali hospedado e trabalhando: eram, de profissão, fabricantes de tendas. Cada sábado, ele discorria na sinagoga, esforçando-se por persuadir judeus e gregos. (At 18,3-4)

A chegada de Lucas, Silas e Timóteo a Corinto liberou o apóstolo para a retomada de sua pregação como atividade exclusiva. Assim, impulsionado pelo senso moral, Paulo pregou, ainda com mais afinco, a ressurreição de Jesus, revelando-o como o Cristo de Deus aos seus confrades hebreus na sinagoga, mas também a toda gente marginalizada daquela cidade. A represália das trevas não tardaria, e o pregador sofreria novo ataque da parte dos seus ex-companheiros de doutrina, os judeus, por meio da ferrenha oposição e de blasfêmias lançadas publicamente contra ele e o Senhor.

Inconformado com as ofensas dirigidas ao Cristo, Paulo, atendendo mais uma vez às recomendações do seu Mestre, num gesto de denotada simbologia, sacudiu a poeira de suas vestes diante de seus ex-confrades, e agora adversários, assumindo plenamente o seu compromisso de divulgar o Evangelho com exclusividade aos gentios, anunciando-lhes:

> Vosso sangue recaia sobre a vossa cabeça! Quanto a mim, estou puro, e de agora em diante dirijo-me aos gentios. Então, retirando-se dali, dirigiu-se à residência de certo Justo, adorador de Deus, cuja casa era contígua à sinagoga. Mas Crispo, chefe da sinagoga, creu no Senhor com toda a sua casa. Também muitos dos coríntios, ouvindo a Paulo, tornaram-se crentes e eram batizados. (At 18,6-8).

A retomada do trabalho apostólico, confirmando sua tenacidade e a vinculação exclusiva ao Dever cristão, garantiu a Paulo de Tarso novo encontro amoroso com o Espírito Jesus, quando, provocando nele um transe mediúnico, o Mestre, pessoalmente, recomendou-lhe:

> Não tema. Continua a falar e não te cales. Eu estou contigo, e ninguém porá a mão em ti para fazer-te mal, pois tenho um povo numeroso nesta cidade. (At 9-10).

A certeza da proteção do Espírito Jesus conferiu a Paulo de Tarso um novo ânimo, fazendo com que ele retomasse, integralmente, a confiança na sua destacada capacidade como pregador da Verdade, convertendo multidões de fiéis ao Cristo naquela urbe até então desprezada pela hipócrita moralidade ateniense.

Lucas relata que Paulo:

> Assim, residiu ali um ano e seis meses, ensinando entre eles a palavra de Deus. (At 18,11).

A tenacidade, que era considerada uma virtude pelos pensadores gregos e romanos, na realidade, do ponto de vista moral, é uma força neutra da Alma, prestando-se tanto à prática do bem quanto do mal, a depender da evolução espiritual do seu portador. Deste modo, aqueles tenazes Espíritos que perseguiam o trabalho do apóstolo entraram novamente em ação, manipulando os sentimentos da comunidade judaica de Corinto, que arbitrariamente o prende e o conduz às barras do tribunal de César sob a falsa acusação de perversão da lei, da ordem, e de corrupção devocional contra o Deus.

Como, de fato, nenhum verdadeiro apóstolo caminha desamparado pelo Senhor, cumprindo sua promessa de proteção ao pregador, a falange liderada pelo Espírito Jesus o acompanhava de perto. Conduzido a ferros perante o procônsul romano, Lúcio Júnio Gálio Ariano, homem das letras jurídicas, irmão do ilustre advogado e filósofo moral Júnio Aneu Séneca, os Espíritos do Senhor inspiraram sua consciência para o dever, de modo que ele se convenceu serem injustas as denúncias lançadas contra o apóstolo, sumariamente dissolvendo aquela sessão do tribunal, libertando-o.

Diante da leviandade dos denunciantes, a autoridade romana deixou Sóstenes, chefe da sinagoga e advogado da causa jurídica, sozinho, à mercê da população, que, tomando-o com violência ainda dentro do tribunal, espancaram-no, e, arrastando-o para a rua, somente não o levaram à morte por intervenção do próprio Paulo de Tarso, segundo revela o Espírito Emmanuel na obra *Paulo e Estêvão*.

Paulo permaneceria ainda muitos dias em Corinto, onde recebia notícias das distantes comunidades, geradas com muita luta quando de sua primeira jornada pelas vastas regiões da Ásia Menor, sendo insistentemente convidado a retornar para aqueles irmãos e prestar-lhes novos esclarecimentos sobre a Boa Nova, reforçando os laços fraternais que conservavam com tanto carinho.

Certa noite, durante o seu recolhimento em preces, novo transe mediúnico foi provocado pelo Espírito Jesus para lhe comunicar outra recomendação: como não era possível estar em todos os locais onde solicitavam sua presença, Paulo deveria iniciar-se na prática de uma nova modalidade mediúnica, da qual era também portador, a psicografia. Foi por meio dessa faculdade que Paulo de Tarso compôs o mais valioso tesouro já legado à humanidade, a Filosofia Moral assente no exemplo vivo do Cristo, que ele registrou nas suas famosas Epístolas.

Com esse trabalho mediúnico junto do Espírito Jesus, somado às elevadas reflexões de sua própria Alma, após ter ficado a falar sozinho no Areópago e em meio ainda a tantas injustas perseguições da parte de seus irmãos de judaísmo, numa cidade malfalada pela prostituição religiosa institucional, escrevendo à comunidade de Colossas e refletindo sobre o comportamento daqueles iludidos intelectuais atenienses, o apóstolo ministrou uma lição de validade universal ao defender a supremacia da fé racional sobre o conhecimento filosófico meramente especulativo:

> E quero que saibais como é grande a luta em que me empenho por vós e pelos de Laodicéia, e por todos quantos não me conhecem pessoalmente, para que sejam confortados os seus corações, unidos no amor, e para que eles cheguem à riqueza da plenitude do entendimento e à compreensão do mistério de Deus, no qual se acham escondidos todos os tesouros da sabedoria e do conhecimento. (Cl 2,1-3).

Num mundo em que Ciência e Religião permanecem em disputa, Paulo deduziu que a plenitude do entendimento que propiciará os tesouros da sabedoria e do conhecimento só advirá pela união fraternal de todas as criaturas sob o amor exemplificado pelo Cristo. Esta é a verdadeira filosofia de Jesus, que foi apreendida e divulgada pelo Apóstolo das Gentes. Ao lançar as luzes da Verdade sobre a imortalidade do Espírito humano e revelar a força da fraternidade, Jesus mostrou que toda dúvida pode ser superada por esta nova forma de Ciência, o Amor. Somente por meio desta potência a Alma desenvolverá uma fé racional, que fará com que a humanidade supere o egoísmo e se determine no rumo de uma Paz universal.

Essa é a Filosofia Perene que, segundo deduziu o filósofo contemporâneo Immanuel Kant, na sua obra *Crítica da Razão Prática,* superou a ilusão estoica e epicurista de tentar relacionar a virtude com a felicidade. Recepcionando a filosofia de Paulo de Tarso, Kant concluiu que só o cumprimento do Dever liberta o ser racional do império dos sentidos e das paixões, realizando nele a sua mais elevada finalidade, reconciliando-o com sua origem e encaminhando-o para a sua destinação, o reino dos fins, onde impera uma perpétua Paz, o sonhado Reino de Deus.

O percurso a ser trilhado por todas as criaturas seria em breve apresentado pelo filósofo de Tarso na sua Primeira Carta aos Coríntios, na qual, repreendendo-os pelo inadequado comportamento de disputa pelo conhecimento humano, ele aproveita para dar uma resposta aos iludidos filósofos de Atenas. Neste escrito de verdadeira sabedoria, Paulo demonstra a supremacia da Filosofia Moral de Jesus sobre o conhecimento transitório da ciência dos homens, revelando o Amor como a Força essencial emanada do Criador, que unirá toda a humanidade no estreito e suave abraço do Cristo.

Se, como prega a filosofia contemporânea apoiada na sua fé materialista, uma tal postura seria covardia e loucura, como pretendeu Friedrich Nietzsch; por outro lado, não sendo possível retirar o Espírito de seu pedestal, como concluiu o neurocientista Antonio Damásio em sua obra *O Erro de Descartes,* os cristãos continuam autorizados a refletir sob a perspectiva do Espírito imortal, elevando-se um pouco acima desta pretensamente sadia normalidade materialista, para, com Paulo de Tarso, replicar aos céticos membros dos tribunais acadêmicos, os areópagos da atualidade:

Ninguém se iluda: se alguém dentre vós julga ser sábio aos olhos deste mundo, torne-se louco para ser sábio, pois a sabedoria deste mundo é loucura diante de Deus. (1Co 3,18)

A força desse ensinamento do Apóstolo dos Gentios ecoa desde então, sustentando a fé dos bilhões de Almas que periodicamente reencarnam na Terra sob orientação do Cristianismo, eliminando, pouco a pouco, a ignorância sobre nossa origem e destinação espiritual, instrumentalizando elevadas reflexões naqueles que, humilhados pelas imperiosas forças mundanas, finalmente se entregam à mansa e suave constrição do Filósofo de Nazaré, tal como diante Dele se curvou o sábio Francisco de Assis, que, numa inspiração de santa loucura, rogou:

> "Senhor, onde houver dúvidas, que eu leve a fé!"

Decorridos dois mil anos desde que enfrentou aquele enorme desafio intelectual em Atenas e Corinto, constata-se que a missão do apóstolo era evidenciar o equívoco hedonista da filosofia e da religião pagãs gregas, que se degradavam num apaixonado culto a Athená e Afrodite, instrumentalizando o conhecimento e prostituindo a sua fé. Foi submetendo-se ao ridículo perante os olhos daqueles homens que se julgavam muito ilustrados, que o filósofo de Tarso, quatro séculos depois, complementaria a defesa de Sócrates, o velho filósofo ateniense condenado à morte, acusado de impiedade por recusar-se a prestar os cultos à deusa, mostrando que Deus não habita templos de pedra.

Em sua Primeira Carta aos Coríntios, certamente inspirado pelo Espírito Jesus, o verdadeiro Reformador dos sentimentos, Paulo esclareceu, de maneira definitiva, a distinção entre o elevado Dever de Amor universal exemplificado pelo Mestre e o limitado prazer das paixões cultuado pelos vaidosos intelectuais atenienses e seus futuros herdeiros das academias contemporâneas. Foi por meio desta sublime canção que o pensador de Tarso demonstrou a existência de uma Força divina a sustentar toda a Criação, fonte de toda a Ciência, de toda a Filosofia e de toda Religião, o Amor, esclarecendo:

> Ainda que eu falasse línguas, as dos homens e as dos anjos, se eu não tivesse o amor, seria como bronze que soa ou como címbalo que tine.
>
> Ainda que eu tivesse o dom da profecia, o conhecimento de todos os mistérios e de toda a ciência, ainda que eu tivesse toda a fé, a ponto de transportar montanhas, se não tivesse o amor, nada seria. (1Co 13)

EPISÓDIO 9

"A ESCOLA DE MÉDIUNS DE ÉFESUS"

Inspirado pelo Espírito
Heráclito de Éfesus

TENDO FINCADO a bandeira do Cristo em Corinto, após receber mais uma visita do Espírito Jesus, sugerindo-lhe escrever as famosas epístolas para as comunidades que não mais visitaria em pessoa, Paulo de Tarso demandou, entusiasmado, a cidade de Éfesus, onde o aguardavam novos trabalhos com os pagãos convertidos por João, o jovem discípulo amado com destaque por Jesus, que se tornaria o inspirado evangelista do Apocalipse. Desde muito cedo, o filho de Zebedeu ligara-se àquela cidade pelos mais estreitos laços do amor cristão, sensibilizado com a carência de entendimento espiritual de uma população fiel à deusa Ártemis e dedicada à magia como parte fundamental da liturgia pagã.

Antes de se estabelecer, com ânimo duradouro, naquela cidade, Paulo desejava visitar a igreja de Jerusalém para levar a Pedro o dinheiro recolhido em doações pelas comunidades percorridas. Por isso, após saudar, com carinho, os irmãos de Éfesus, o apóstolo deixou seus companheiros, Áquila e Prisca, junto daqueles corações e seguiu de barco para Cesareia Marítima, já nas terras palestinas, de lá vencendo a pé, mais uma vez, a jornada de 120 quilômetros até Jerusalém. Recebido com efusiva alegria por Simão Pedro, o peregrino lhe comunicou as conquistas para o Cristo nas terras da Macedônia.

Manifestando sincera gratidão pela oferta recebida em nome da pobre irmandade por ele comandada, Simão Pedro falou sobre a felicidade com que os irmãos de Jerusalém receberam as cópias das Cartas, que o pregador enviara como orientação para outras igrejas. Ignorando por completo o último encontro mediúnico do Espírito Jesus com Paulo, em Corinto, e a orientação para falar às distantes comunidades por meio de correspondências, exibindo cópias das Epístolas aos Tessalonicenses e aos Colossenses, que ele conservava como um tesouro, o velho pescador de Almas, inspirado, afirmou que aquelas Epístolas refletiam o sentimento do próprio Cristo.

Renovado em suas esperanças e fortalecido na sua Fé pelo testemunho estimulante de Simão Pedro, Paulo de Tarso se lançou em sua terceira viagem apostolar, deixando Jerusalém e dirigindo-se novamente para as regiões da Galácia e da Frígia, "confirmando todos os discípulos" (At 18,23). Depois de passar mais uma vez pela sua amada Tarso, enquanto percorria as elevadas planícies do Tauro o apóstolo rememorava todo o trabalho realizado para o Senhor. Apesar de a idade mais avançada e do corpo desgastado nos injustos açoites suportados naquelas regiões, com passos de conquistador ele alcançou, presto, a cidade de Éfesus.

Essa rica cidade notabilizou-se há séculos por abrigar um Templo de Ártemis eleito uma das sete maravilhas do mundo. Quando deixou Jerusalém, fugindo da perseguição instaurada por Saulo de Tarso, João, o jovem futuro evangelista, refugiou-se nessa rica urbe da Jônia, fundando uma das sete principais igrejas cristãs. Estando de volta e decidido a maior permanência, Paulo encontrou os fiéis de Éfesus envoltos em debates gerados por outro pregador, apresentado por Lucas, no *Atos dos Apóstolos,* apenas como Apolo, um erudito judeu recém-chegado de Alexandria, eloquente nas palavras, mas que, da doutrina cristã, só conhecia o sacramento do batismo realizado por João Batista, o pregador do deserto.

Adentrando a discussão, após esclarecer os fiéis sobre os fundamentos históricos e o caráter espiritual do Cristo, encarnado na pessoa de Jesus de Nazaré, Paulo indagou se já teriam sido batizados pelo Espírito Santo, uma vez que os ensinamentos de Apolo se limitavam à iniciação pela imersão na água, ao que responderam ignorar esse preceito. Após ligeira exegese da missão que o primo de Jesus realizara como seu precursor e da ligação fraternal obtida em seu nome mediante a cerimônia no famoso rio Jordão, o discípulo de Tarso revelou aos cristãos de Éfesus os poderes desta plêiade de Espíritos Puros deixados pelo Mestre a serviço da humanidade, com a qual agora os colocaria em relação, estimulando neles o despertar da **mediunidade**:

> E, quando Paulo lhes impôs as mãos, o Espírito Santo veio sobre eles: puseram-se, então, a falar em línguas e a profetizar. Eram, ao todo, cerca de doze homens. (At 19,1-7).

Ao demonstrar tamanho domínio sobre as potencialidades da Alma, fazendo acordar, naqueles fiéis, os dons espirituais que conservavam em potência, Paulo mostrou, pela primeira vez em Éfesus, sua elevada capacidade como verdadeiro médium a serviço do Cristo. Com a força do seu magnetismo espiritual, ele os conduziu para um estado de consciência mais elevado, que lhes permitiu acessar, em suas memórias profundas de existências passadas, línguas outrora faladas, pelas quais agora profetizavam, causando admiração na população.

Com os ensinos trazidos pelo Espiritismo a partir do século XIX da nossa era, sabe-se que a mediunidade é uma faculdade inerente a todas as Almas, conhecida também como o "sexto sentido". Os germes dessa capacidade foram plantados pelo Criador em todas as Inteligências Espirituais no momento da Criação, despertando logo no período das cavernas, quando os primeiros representantes da humanidade na Terra, sintonizando, durante o sono, o pensamento dos Espíritos que impulsionavam a evolução moral do planeta, intuíram a continuidade da vida e passaram a realizar cerimônias fúnebres. Essa potência humana se desenvolveu e se tornou cada vez mais eficiente no horizonte tribal totêmico, com o culto aos Espíritos da natureza e aos antepassados, impulsionando os primeiros médiuns a buscarem comunicações voluntárias com o Mundo Invisível.

A evolução dessas comunidades permitiu destaque às pessoas que evidenciavam algum dom mediúnico, e as buscas por se estreitarem as relações com os Espíritos fizeram surgir a magia elementar e as primeiras formas de religião organizada. O nascimento da Filosofia e a libertação do pensamento permitiu ao indivíduo internalizar a sua necessidade devocional, iniciando-se nos lares da Grécia os cultos particulares aos *daimons,* e nas casas romanas a devoção aos *avoengos,* os antepassados. Essa intimidade religiosa libertou o ser humano dos ambiciosos sacerdotes e de seus teatralizados rituais no interior de suntuosos templos, favorecendo ainda mais a evolução do sexto sentido entre os cidadãos comuns.

Como uma capacidade do Espírito, a faculdade mediúnica é utilizada pela maioria dos encarnados apenas para receber as orientações dos seus Anjos Guardiães por via do pensamento inspirado, sendo tanto mais eficiente quanto mais se dedicam ao recolhimento e à prece, conforme revelou Allan Kardec na pergunta 495 de *O Livro dos Espíritos.* No entanto, como a humanidade é cercada por uma nuvem de Inteligências desencarnadas constantemente ao seu redor, todas as pessoas igualmente suportam o constante assédio dos seus antigos adversários de existências passadas, sendo essa a causa da maioria dos equivocadamente denominados "transtornos mentais".

Essa condição natural da humanidade, estabelecida pelo Criador como parte da lei de solidariedade para a nossa evolução, pode se mostrar particularmente grave para aquelas pessoas que se arvoram orientadores dos destinos políticos e religiosos das sociedades, uma vez que, além de se sujeitarem às influências dos Espíritos seus inimigos particulares, ficam também à mercê das organizações espirituais que atacam as instituições, perseguindo, sobretudo, aquelas que promovem a solidariedade humana e os valores éticos mais elevados e, de modo ainda mais intenso, as doutrinas religiosas e filosóficas que buscam revelar esta realidade.

Há pessoas que, tendo iniciado em vidas passadas essas práticas transcendentes, possuem faculdades mediúnicas especializadas. Desejando renascer com o compromisso de exercitá-las, tanto para o esclarecimento próprio quanto do semelhante, firmam um compromisso com um Espírito familiar mais evoluído e, assim, realizam, conscientemente, fenômenos físicos e intelectuais mais destacados. Embora todos os seres humanos sejam portadores de faculdades mediúnicas destinadas à comunicação com seus Protetores Espirituais, somente aqueles primeiros é que, por uma questão didática, Allan Kardec denominou de médiuns.

Em *O Livro dos Médiuns* (Capítulo XVII, item 206), esse pedagogo francês mostrou como um sensitivo mais experiente pode estimular os iniciantes a desabrocharem esta força, provocando neles um estado alterado de consciência que atenua a ligação do perispírito ao corpo, num fenômeno de magnetização fluídica atualmente conhecido como hipnose. Neste estado de entorpecimento dos cinco sentidos físicos, a Alma, invariavelmente, abandona parcialmente o organismo fisiológico, tornando mais eficiente a faculdade mediúnica e a sintonia dos pensamentos de outros Espíritos. Tal é o mecanismo dos fenômenos estimulados por Paulo de Tarso nos doze médiuns ignorados de Éfesus, revelando a eles, que só conheciam as influências espirituais doentias, a ação benéfica desta plêiade de Espíritos bondosos, o Espírito Santo.

O apóstolo permaneceu nesta cidade por três anos (At 20,31), sendo que, apesar da última perseguição dos judeus em Corinto, ele não desistiu dos seus irmãos de raça, voltando a frequentar a sinagoga logo que chegou, durante três meses, falando com intrepidez, debatendo e tentando persuadi-los "Sobre o Reino de Deus" (At 19,8-9):

Alguns, porém, empedernidos e incrédulos, falavam mal do Caminho diante da assembleia. Afastou-se, então, deles e tomou à parte os discípulos, com os quais entretinha-se diariamente na escola de Tiranos. (At 19,8-9).

Uma dúvida ainda persiste na história do Cristianismo, apesar de transcorridos quase dois mil anos desde que esses primeiros escritos nos foram deixados: quem seria esse "Tiranos", em cuja escola Paulo fora acolhido durante três anos, ministrando cursos de filosofia cristã e de profetismo mediúnico? É fato histórico também que as "escolas", naquele período, eram instituições particulares fundadas e mantidas por filósofos, onde transmitiam tanto os seus métodos para a retidão do pensamento quanto: a Ética como prática da liberdade, a Retórica como a arte da persuasão Política e Jurídica, e a Medicina como disciplina para a virtude física.

A tradição mostra que uma das principais características do filósofo é, apontando os erros dos seus antecessores, formular novas teses e inéditos argumentos que os derrubem e conduzam para a Verdade, pois a finalidade última da Filosofia é a busca pela Verdade. Naquele período da história, por conseguinte, tanto a Religião quanto as Ciências e a Ética constituíam o vasto domínio da Filosofia. As escolas eram ambientes fechados onde, mediante a prestação de pagamento pecuniário, transmitia-se aos iniciados os conteúdos teóricos ali desenvolvidos, além de se praticarem as fórmulas e os rituais secretos que abrissem o caminho para a tão ambicionada *Veritas.*

Por conseguinte, nenhum filósofo admitiria em sua Escola algum outro mestre que não alinhasse perfeitamente o seu pensamento com o conteúdo ali transmitido ou que não dominasse as práticas esotéricas hermeticamente realizadas entre suas paredes. Seguramente, "Tiranos", o filósofo mencionado por Lucas e fundador da escola de Éfesus, não seria uma exceção. Assim, o fato de Paulo ter sido ali abrigado por três anos, o período mais longo em que ele ficou num mesmo lugar, só se justificaria se o pensador de Tarso fosse profundamente conhecedor da filosofia praticada naquela escola, ou muito amigo do seu fundador.

Algumas informações sobre outro ilustre mestre contemporâneo ao peregrino de Tarso, fornecem a chave que esclarece tanto a identidade do misterioso personagem "Tiranos" quanto a de Apolo, o outro destacado pregador cristão famoso nos livros de Lucas e mencionado por Paulo em algumas de suas *Epístolas,* cuja origem e destino são completamente ignorados fora desses textos. Trata-se do filósofo místico Apolônio de Tiana.

Como o seu próprio nome revela, Apolônio nasceu na cidade de Tiana, na atual Turquia, província da Capadócia, segundo alguns historiadores, no ano 2 da era cristã. Filho de pais abastados financeiramente, na juventude foi educar-se em região próxima à sua, na cidade de Tarso, onde, também no início daquele mesmo primeiro século cristão, nasceu outro jovem que, dentro de poucos anos, seria conhecido como o apóstolo Paulo. A história desses dois personagens revela que ambos estudaram e se formaram na Academia de Filosofia helenista fundada por Alexandre, o Grande, nessa cidade, que, naquela época, rivalizava em cultura com Atenas e Alexandria.

Sendo ambos filhos da Ásia Menor e praticamente da mesma idade, frequentando o mesmo ambiente escolar e a mesma Escola de Filosofia, conheceram-se e se relacionaram como jovens estudantes. Concluídos os seus estudos na Academia de Tarso, como judeu fariseu, Saulo partiu para Jerusalém, formando-se também rabino e doutor da Lei Mosaica. Interessado em Medicina, Apolônio de Tiana foi para a cidade de Aegae, praticando essa ciência no Templo de Esculápio, e também iniciando-se na hermética filosofia da Escola de Pitágoras, que ensinava o intercâmbio com os *Daimons,* os Espíritos, como forma de se obter Conhecimento.

Concluída a formação em Medicina, Apolônio, tendo adotado o ascetismo filosófico de Pitágoras, partiu para a Índia em busca da filosofia das Upanishads, base da Escola Pitagórica, de lá retornando com o modo de vida dos sábios médiuns indianos. Na sua terra, conhecendo os mistérios dos herméticos rituais Brahmanistas, Apolônio ganhou fama por desenvolver uma elevada moralidade e praticar a vida ascética naquele ostentador ambiente greco--romano. Como ilustrado pensador peregrino, ele percorria os principais templos religiosos do Império, pois era onde se praticava a Filosofia, demandando, com frequência, a cidade de Alexandria, no Egito.

Em meados do primeiro século, Éfesus ainda era um dos principais centros religiosos e filosóficos do Império Romano; por isso, tendo adquirido conhecimento e fama, Apolônio de Tiana fundou a sua Escola de Filosofia nessa importante urbe, elegendo-a para viver até sua morte, quase ao final daquele primeiro século. Foi assim que os dois amigos estudantes de Tarso se reencontraram, depois de mais de três décadas frequentando diferentes ambientes de pensamento e trilhando diversos caminhos religiosos.

A história da filosofia mostra que os discípulos de Pitágoras eram chamados, "Pitagóricos". Segundo o biógrafo Filotrasto, Damis, discípulo e escriba de Apolônio, dizia que o sábio gostava de ser chamado "O Tianeu", uma referência à sua cidade natal, pela qual tinha grande apreço e que ficava relativamente próxima de Éfesus. Seus seguidores, para não serem confundidos com os devotos do deus Apolo, denominados "Apolínios", eram conhecidos como os "Tianos". Somente por erro das inúmeras traduções por que o texto já passou, é que o nome "Tianos" aparece no capítulo 19 de o *Atos dos Apóstolos* transcrito como "Tiranos".

Apolônio, da cidade de Tiana, conhecia muito bem a Saulo, da cidade de Tarso, os dois eram amigos desde a adolescência. Mesmo sendo este um adepto e divulgador da nova Filosofia, o Cristianismo, ambos partilhavam um mesmo ideal de vida, a Verdade, dividindo também o mesmo ascetismo existencial. Por isso, ao se reencontrarem em Éfesus, impedido de ministrar suas aulas na sinagoga, Paulo foi convidado por seu eclético amigo Apolônio para dividirem o mesmo ambiente intelectual na escola dos "Tianos". Esta é a novidade que o apóstolo revela ao escrever sua primeira carta à comunidade de Corinto quando promete visitá-los novamente:

"Entrementes, permanecerei em Éfeso até Pentecostes, pois aqui se abriu uma porta larga, cheia de perspectivas para mim, e os adversários são numerosos." (1Co 16,8-9).

Apolônio era um filósofo requintado, além de potente médium de vidênci0,a e de premonição, tendo realizado muitas curas e até mesmo o ressuscitamento de uma jovem. Com a biografia apologética sobre ele, escrita por Flávio Filotrasto no século III d.C., encomenda de Júlia Domna, esposa do Imperador Sétimo Severo, no século seguinte ele seria até mesmo comparado ao Profeta Jesus de Nazaré. A primeira comparação dos feitos de Jesus com os de Apolônio surgiram no século IV d.C. por meio do livro *Amante da Verdade,* escrito pelo governador romano da Bitínia, Hiérocles, perseguidor dos cristãos ao lado do Imperador Diocleciano.

Essa obra seria veementemente refutada, naquele mesmo século, por Eusébio de Cesareia, no seu livro *Resposta a Hiérocles.* Ocorre que esse escritor, considerado o principal historiador da Igreja, era também bispo naquela cidade palestina e não se limitaria apenas a contestar a comparação entre Jesus e Apolônio, pois, não podendo correr o menor risco de se macular a fama do Profeta de Nazaré, permitindo sua comparação com o mago filósofo pagão, fez desaparecer completamente do Cristianismo qualquer referência ao pregador de Tiana. Assim, nos textos cristãos *Atos dos Apóstolos* e nas *Cartas de Paulo,* esse personagem seria substituído pelo seu apelido Apolo, tratando-se também de lhe atribuir uma origem distinta de Tiana, vinculando-o à cidade de Alexandria.

Entretanto, sabendo-se agora ser ele a mesma pessoa, "Tiranos" e "Apolo", fica muito mais claro o texto de Lucas:

> Um judeu, chamado Apolo, natural de Alexandria, havia chegado a Éfeso. Era homem eloquente e versado nas Escrituras. Fora instruído no caminho do Senhor e, no fervor do Espírito, falava e ensinava com exatidão o que se refere a Jesus, embora só conhecesse o batismo de João. Tendo-o ouvido, Priscila e Áquila tomaram-no consigo e, com mais exatidão, expuseram-lhe o Caminho. (At 18,24-27).

Apolo é o cognome mais comum de Apolônio. Recém-chegado de mais uma viagem que fizera ao Egito, berço do mais importante filósofo judeu-helenista, Fílon de Alexandria, e também seu contemporâneo, recentemente iniciado na doutrina cristã pelos inúmeros discípulos que lá se instalaram após fugirem de Jerusalém perseguidos por Saulo, o pensador de Tiana seria recebido com admiração pela comunidade de Éfesus. Desejando conhecer os irmãos de Corinto, cidade famosa pelo templo de Afrodite, Apolônio de Tiana parte para lá recomendado pelo casal Áquila e Priscila, companheiros de fé e colegas de trabalho do tecelão de Tarso naquela cidade da Grécia, os quais permaneceram em Éfesus enquanto este se encaminhou para Jerusalém.

Ao conhecer um pregador cristão tão distinto, e, sob o ponto de vista intelectual até mais destacado que o próprio Paulo de Tarso, aquela jovem comunidade, ainda viciada pelo paganismo greco-romano em eleger deuses particulares para sua devoção, dividiu-se entre os partidários de Paulo e os seguidores de Apolônio. Essa indesejada postura mereceria do Apóstolo dos Gentios uma grave e enérgica repreensão na Primeira Epístola que lhes endereçou, redigida quando ainda se encontrava em Éfesus, a qual, se corretamente identificado o verdadeiro personagem, esclarece totalmente aqueles fatos:

Irmãos, não lhes pude falar como a espirituais, mas como a carnais, como criaças em Cristo. Dei-lhes leite, e não alimento sólido, pois vocês não estavam em condições de recebê-lo. De fato, vocês ainda não estão em condições, porque ainda são carnais. Porque, visto que há inveja e divisão entre vocês, não estão sendo carnais e agindo como mundanos? Pois quando alguém diz: "Eu sou de Paulo", e outro: "Eu sou de Apolônio", não estão sendo mundanos? Afinal de contas, quem é Apolônio? Quem é Paulo? Apenas servos por meio dos quais vocês vieram a crer, conforme o ministério que o Senhor atribuiu a cada um. Eu plantei, Apolônio regou, mas Deus é quem fazia crescer; de modo que nem o que planta nem o que rega são alguma coisa, mas unicamente Deus, que efetua o crescimento. (1Co 3,1-7 - versão alterada pelo autor).

Quando o requintado filósofo Apolônio de Tiana chegou em Corinto, aquela comunidade logo ficou encantada com o comportamento exótico do novo profeta cristão, e, ainda insegura quanto à verdadeira doutrina do Cristo, impressionada com a sua erudição e feitos mediúnicos, dividiu-se na preferência entre os dois pregadores. Um discípulo qualquer, por mais culto e eloquente que fosse, jamais concorreria com o pensador de Tarso na atenção dos fiéis. Essa tola disputa chegaria aos ouvidos do apóstolo, que, com sua conhecida energia, repreendê-los-ia naquela mesma famosa Epístola:

> Eu mesmo, quando fui ter convosco, irmãos, não me apresentei com o prestígio da palavra ou da sabedoria para vos anunciar o mistério de Deus. Pois não quis saber outra coisa entre vós a não ser Jesus Cristo, e Jesus Cristo crucificado. Estive entre vós cheio de fraqueza, receio e tremor; minha palavra e minha pregação nada tinham da persuasiva linguagem da sabedoria, mas eram uma demonstração de Espírito e poder, a fim de que a vossa fé não se baseie na sabedoria dos homens, mas no poder de Deus. (1Co 1,26-31).

> Por conseguinte, ninguém procure nos homens motivo de orgulho, pois tudo pertence a vós: Paulo, Apolônio, Cefas, o mundo, a vida, a morte, as coisas presentes e as futuras. Tudo é vosso; mas vós sois de Cristo, e Cristo é de Deus. (1Co 3,18-23 - versão alterada pelo autor).

Os dois amigos filósofos, alheios às insensatas disputas dos fiéis de Corinto, conviveriam pacífica e amorosamente ministrando o divino ensino do Cristo na Escola dos "Tianos" em Éfesus, dividindo com aquela população um conhecimento comum adquirido por ambos nos distintos caminhos por eles percorridos, mostrando a mediunidade não mais de modo velado no interior sombrio dos templos pagãos, mas ensinando abertamente a tantos quantos desejassem como despertar e utilizar as capacidades mediúnicas de modo cristão, gratuitamente, em benefício de todos, e não mais para uso exclusivista dos privilegiados sacerdotes brâmanes, judeus e pagãos.

Assim, o desenvolvimento de dons proféticos até então realizados pelos jovens judeus, como Saulo de Tarso, nas herméticas escolas do Templo, e apreendidos por Apolônio de Tiana como a sabedoria védica dos Rishis indianos nas academias iniciáticas dos iluminados pitagóricos, passou a ser lecionado abertamente na escola dos "Tianos", nos seminários diariamente realizados pelo Apóstolo dos Gentios das 11 às 16 horas, durante três anos. Esta era a "porta larga, cheia de perspectivas" que para ele se abrira, e que o fizera permanecer em Éfesus.

A diferença fundamental entre os dois médiuns

é que, enquanto Apolônio obtivera, nos livros da Escola de Pitágoras, sua iniciação nessa prática de comunicação espiritual, aperfeiçoando-a junto dos indianos e dos egípcios, praticando a magia elementar no interior secreto dos templos pagãos, Paulo refinava a sua faculdade mediúnica diretamente junto do Espírito Jesus havia quase trinta anos, depois de haver testemunhado a realidade da ressurreição e das capacidades mediúnicas das criaturas, naquela magna aula, ainda com os joelhos ralados, no primeiro encontro com seu Mestre na Estrada de Damasco. E as lições de Jesus continuavam nas inúmeras aulas particulares que o apóstolo recebia toda vez que estava para ser flagelado nos troncos das praças públicas. Essa foi a academia de mediunidade frequentada por Paulo de Tarso.

Seguindo o exemplo do seu amigo judeu, o famoso sábio pagão, agora também convertido cristão, abriria as portas da sua escola para lecionarem gratuitamente a todos os novos fiéis de Éfesus a Boa Nova do Cristo. Exemplificando a verdadeira caridade no uso dos seus dons mediúnicos, os dois filósofos nunca mais deixariam de se relacionar, permanecendo Apolônio de Tiana humildemente sob orientação de Paulo de Tarso, e ambos, transformando aquela Escola de pensamento num posto de socorro aos mais necessitados, ilustravam juntos aquelas Almas em nome do Cristo Jesus, ali ensinando o caminho para a Verdade que liberta.

Por isso, concluindo sua Primeira Carta aos Coríntios, Paulo revelaria àqueles irmãos que, apesar das disputas infantis que estabeleceram em torno dos dois ilustres personagens, o filósofo Apolônio, reconhecendo a supremacia da sabedoria do Cristo pregada pelo seu amigo pensador de Tarso, permanecia junto dele em Éfesus, ambos condignamente transmitindo a divina sabedoria de Jesus:

> Quanto ao nosso irmão Apolônio, roguei-lhe insistentemente que fosse visitar-vos com os irmãos; mas não quis em absoluto ir agora; irá quando tiver oportunidade. (1Co 16,12 - versão alterada pelo autor).

Paulo, como o líder natural das comunidades por ele constituídas junto das nações estrangeiras, além de zelar pelo esclarecimento e preservação de todas as lições do Cristo, cuidava pessoalmente de recomendar o fraternal acolhimento em seu nome aos discípulos que enviava, entre os quais, o querido amigo Apolônio, como mostra esta sua Carta a Tito:

> Acompanha, com muito cuidado, Zenas, doutor da Lei, e Apolônio, para

que nada lhes falte. (Tito 3,13 - versão alterada pelo autor).

A partir daquele reencontro em Éfesus, os dois amigos da Universidade de Tarso não mais se separariam e manteriam abertas as portas da escola de Apolônio de Tiana, lecionando o Evangelho e orientando a prática da mediunidade não mais segundo a tradição Pitagórica assimilada dos rishis, os homens santos da Índia, mas sob a coordenação do Espírito Santo, a plêiade de Inteligências Puras que acompanham Jesus na afirmação da sua Boa Nova no mundo, colhendo e mostrando como se apanha gratuitamente para o Senhor os melhores frutos do Espírito, para a realização da verdadeira caridade.

EPISÓDIO 10

"DESPERTANDO TALENTOS ESPIRITUAIS"

*Inspirado pelo Espírito
Heráclito de Éfesus*

A PERMANÊNCIA DE Paulo de Tarso junto de Apolônio de Tiana, em Éfesus, como tutor da primeira escola de mediunidade sob orientação cristã, seria de profícuos resultados para o apóstolo e para a doutrina do Cristo. Decorridas mais de duas décadas desde que recebera aquela primeira aula prática do Espírito Jesus na Estrada de Damasco, mantendo frequentes encontros transcendentes com o Mestre, a faculdade mediúnica de Paulo de Tarso se encontrava tão mais desenvolvida, a ponto de realizar verdadeiros prodígios espirituais.

Pelas mãos de Paulo, Deus operava milagres não comuns. Bastava, por exemplo, que sobre os enfermos se aplicassem lenços e aventais que houvessem tocado seu corpo: afastavam-se deles as doenças, e os espíritos maus saíam. (At 19,11-12).

Paulo era agora um verdadeiro profeta de Deus. Tendo se credenciado moralmente sob inequívocos sofrimentos e perseguições, suportados com a sua abnegada fé no Cristo, ele se preparou condignamente para realizar tão inusitados feitos mediúnicos, que venceriam a incredulidade tanto dos judeus quanto dos pagãos de Éfesus. Mas não era o apóstolo sozinho quem realizava aqueles fenômenos de curas físicas e desobsessões espirituais, pois ele servia como intermediário do Espírito Jesus, que, por sua vez, cumpria a vontade do Pai.

Assim, humildemente disposto e com boa vontade, na firmeza da sua fé, Paulo repetia as operações mediúnicas realizadas pelo seu Mestre na distante Palestina, recebendo o apoio fundamental daquela divina plêiade de Inteligências amorosas, o Espírito Santo. Maravilhando os olhos daquela gente, tocava também o sentimento da admirada população de Éfesus, sanando moléstias físicas e libertando as Almas aprisionadas por Espíritos vingativos, tudo para convencimento da supremacia da nova doutrina do Salvador sobre a magia pagã.

A faculdade mediúnica é uma potência da Alma imanente a todo ser humano, naturalmente desenvolvida nos evos da evolução do gênero pelo exercício de atividades culturais e religiosas. É o instrumento que mantém ligados os dois lados da vida, ao facultar a comunicação entre o Espírito temporariamente preso ao corpo e o Protetor que o orienta nesta jornada. Ela é tanto mais desenvolvida quanto mais a Inteligência se dedica ao intercâmbio com o mundo espiritual na sua história de pretéritas existências, independentemente do nível moral dos Espíritos com os quais se relaciona. Por isso, a mediunidade é uma faculdade absolutamente neutra do ponto de vista Ético, não o sendo, contudo, os seus feitos, uma vez que, quanto mais moralizado é o médium, mais apoio ele recebe dos Espíritos elevados e, por conseguinte, mais raros são os fenômenos que realiza.

No transcorrer da história das sociedades humanas, algumas pessoas se destacaram das demais na manifestação dessas capacidades espirituais. Os que traziam um nível de consciência moral equiparado com o da comunidade exerciam os seus papéis como magos e feiticeiros, realizando comunicações de interesse individual. Outros que, além desse conhecimento pragmático, adquiriram também um significativo avanço Moral, em comparação com a maioria dos indivíduos do seu meio, assumiam um compromisso reencarnatório de impulsionar a evolução Ética daquela comunidade, recebendo também orientações espirituais de interesse coletivo. Estes últimos eram os Pajés nas tradições tribais e os Profetas nas antigas civilizações pagãs e judaicas.

Todos os rituais e cultos religiosos autênticos foram constituídos a partir do exercício da faculdade mediúnica. A prática da magia elementar visava proveito particular e dava-se exclusivamente mediante a relação dos sacerdotes e magos com Espíritos pouco evoluídos, sobretudo com as entidades especializadas em mobilizar impulsos sexuais conhecidos na antiguidade como íncubos e súcubos. Tais Inteligências espirituais rebaixadas não se constrangiam em violentar a libido alheia para proveito dos encarnados que contratavam os seus serviços e, assim, eram constantemente evocadas por médiuns inescrupulosos que, além de saciarem sua lascívia, enchiam os seus sagrados cofres.

No Livro Deuteronômio, ciente desta realidade, Moisés tentou regulamentar o uso da mediunidade proibindo, sem sucesso, a sua exploração indiscriminada. O Novo Testamento, por sua vez, é farto em evidenciar as realizações extraordinárias do médium Jesus, que vivia em constante relação com o Pai, tanto que afirmava ser Um com Ele, mostrando as inúmeras curas e desobsessões espirituais praticadas exclusivamente em nome da caridade. Estes últimos fenômenos, muito comuns na antiguidade e na Idade Média, são ainda realizados pelas Igrejas das tradições católicas e protestantes sob o nome de "exorcismo".

Todas as modalidades mediúnicas, no entanto, prescindem de rituais e amuletos, bem como de fórmulas sacramentais, uma vez que só ocorrem com a atuação direta e imprescindível de algum Espírito junto do médium. Essa realidade foi demonstrada claramente por Jesus na passagem relatada nos Evangelhos de Mateus e de Lucas:

> Ao entrar em Cafarnaum, chegou-se a ele um centurião que o implorava e dizia: "Senhor, meu criado está deitado em casa paralítico, sofrendo dores atrozes". Jesus lhe disse: "Eu irei curá-lo". Mas o centurião respondeu-lhe: "Senhor, não sou digno de receber-te sob o meu teto; basta que digas uma palavra e meu criado ficará são. Com efeito, também eu estou debaixo de ordens e tenho solda-

dos sob o meu comando, e quando digo a um 'Vai!', ele vai, e a outro 'Vem!', ele vem; e quando digo ao meu servo: 'Faze isto', ele o faz". Ouvindo isso, Jesus ficou admirado e disse aos que O seguiam: "Em verdade vos digo que, em Israel, não achei ninguém que tivesse tal fé. [...] Em seguida, disse ao centurião: "Vai!" Como creste, assim te seja feito!" Naquela mesma hora, o criado ficou são. (Mt 8,5-13).

O médium Jesus cumpria sempre, como bem compreendeu o centurião romano, a Vontade soberana do Pai. Porém, como Espírito já purificado, tinha também a seu serviço outros Espíritos, os quais, atendendo à sua orientação, dirigiram-se até à casa do soldado de César e curaram o seu servo. Com isso, quis Jesus demonstrar essa faculdade humana, bem como destacar o mérito religioso daquele homem que, apesar de não ser judeu, tinha fé e caridade suficientes para pedir um favor espiritual para o seu escravo, ao mesmo tempo que revelava a plêiade de Espíritos que acompanhavam o Mestre Jesus.

Como esclareceu o moderno Espiritismo francês, não são as palavras mágicas ou amuletos que conferem autoridade espiritual ao médium para a realização desses fenômenos incomuns. Como Jesus demonstrou junto do centurião e vinha ensinando a Paulo de Tarso, é a moral elevada, tanto do médium quanto do Espírito que o secunda, que confere ainda mais potência às forças mediúnicas. Por isso, Allan Kardec esclareceu, em *O Livro dos Médiuns,* a fundamental necessidade de o candidato a intermediário dos Espíritos elevar os seus sentimentos de modo verdadeiro, moralizando-se, a fim de que conquiste a presença de inteligências superiores, únicas capazes de romper a forte dominação dos Espíritos levianos sobre os encarnados mergulhados na fraqueza da carne.

Entretanto, a inveja é, tanto nos Espíritos encarnados quanto nos desencarnados, um dos vícios morais mais perniciosos, e, se não controlada, pode provocar ao seu possuidor e às suas vítimas enormes prejuízos materiais e da própria honra. Por isso, Paulo, quando demonstrou capacidades mediúnicas extraordinárias ao curar enfermidades a distância, bastando aproximarem dos doentes peças de roupas que haviam tocado o corpo do apóstolo, feitos que se explicam pelos mesmos princípios espirituais subjacentes à cura do servo do centurião realizada por Jesus, despertou a inveja de outros médiuns:

Então, alguns exorcistas judeus ambulantes começaram a pronunciar, eles também, o nome do Senhor Jesus sobre os que tinham espíritos maus. E diziam: "Eu vos conjuro por Jesus, a quem Paulo proclama!". Quem fazia isto eram os sete filhos de certo Sceva, sumo sacerdote judeu.

Mas o espírito mau replicou-lhes: "Jesus eu o conheço; e Paulo, sei quem é, Vós, porém, quem sois?". E, investindo contra eles o homem no qual estava o espírito mau, dominou a uns e outros, e de tal modo os maltratou que, desnudos e feridos, tiveram de fugir daquela casa. (At 19,13-16).

Paulo de Tarso era um Espírito em franca recuperação espiritual, tanto em relação aos seus equívocos de existências passadas quanto daquela mesma encarnação. Por isso, conquistara a presença constante, ao seu lado, daquela plêiade de Espíritos evoluídos que Jesus apresentara ao mundo como sendo o Espírito Santo, os quais eram quem, de fato, realizavam os fenômenos de curas e desobsessões com o auxílio mediúnico do apóstolo. Os sensitivos judeus, por sua vez, embora filhos do sumo sacerdote e, portanto, criados no interior da sinagoga, não tinham autoridade suficiente para afirmarem a sua vontade sobre aquele Espírito vingativo, sendo por ele humilhados e espancados até a nudez.

No entanto, todos os fenômenos espirituais, sejam os particulares, sejam os coletivos, têm sempre uma função pedagógica e não se realizam simplesmente pela vontade arbitrária dos médiuns ou dos Espíritos inferiores, uma vez que determinadas experiências necessitam do apoio dos Espíritos elevados, os quais não se submetem à leviandade humana. Assim, aquele desafio mediúnico realizado perante a população de Éfesus, que evidenciou a moralidade e a potência mediúnica do apóstolo Paulo, tinha um objetivo didático muito maior, qual seja, demonstrar a supremacia do Cristo ao misticismo judaico e à magia pagã tão abundante naquela cidade. Com isso, a falência dos médiuns judeus, e movida pela explícita admiração manifestada pelo sábio Apolônio de Tiana em relação ao pregador de Tarso, grande parte da população de Éfesus se converteu para a Boa Nova do Cristo.

O fato chegou ao conhecimento de todos os judeus e gregos que moravam em Éfeso. A todos sobreveio o temor, e o nome do Senhor Jesus era engrandecido.

Muitos dos que haviam abraçado a fé começaram a confessar e a declarar suas práticas. E grande número dos que haviam exercido a magia traziam seus livros e os queimavam à vista de todos. Calculando-se o seu preço, acharam que seu valor chegava a cinquenta mil peças de prata. Assim, a palavra do Senhor crescia e se firmava poderosamente. (At 19,17-20).

A magia, que era uma das atividades religiosas mais rentáveis do paganismo greco-romano, seria abandonada, diante da atuação de Paulo de Tarso, por uma multidão liderada por Apolônio de Tiana, e, numa espontânea profissão de fé, livrou-se de grande fortuna em livros e manuais de práticas esotéricas. Esta conversão em massa ao Cristianismo, religião de culto exclusivamente interior, como ensinava aquele profeta de Tarso, provocou a revolta dos ourives de Éfesus, pois, sendo aquela urbe a sede do mais espetacular Templo de Ártemis, a deusa da fertilidade e da maternidade, enorme era o seu proveito econômico pelo grande número de peregrinos que para lá se dirigiam, em busca de cerimônias para estímulos sexuais e financeiros, e que partiam levando amuletos, ricas estatuetas da belíssima Diana dos Efésios em prata, ouro e marfim, finas joias e suvenires, nichos e maquetes do templo para adorno de seus altares domésticos.

Abdicando a população de Éfesus às práticas da magia devocional pagã, um dos profissionais de joalheria, instigado na cobiça por aquela mesma legião de Espíritos inimigos do Evangelho que perseguia o apóstolo, mobilizou toda a sua categoria profissional para reagir com violência contra Paulo e seus companheiros:

> Por essa ocasião, houve um tumulto bastante grave a respeito do Caminho. Certo Demétrio, que era ourives, fabricante de nichos de Ártemis, em prata, proporcionava aos artesãos não pouco lucro. Tendo-os reunido, bem como a outros que trabalhavam no mesmo ramo, disse: "Amigos, sabeis que é deste ganho que provém o nosso bem-estar. Entretanto, vedes e ouvis que não somente em Éfeso, mas em quase toda a Ásia, este Paulo desencaminhou, com suas persuasões, uma multidão considerável: pois diz que não são deuses os que são feitos por mãos humanas. Isto não só traz o perigo de a nossa profissão cair em descrédito, mas também o próprio templo da grande deusa Ártemis perderá todo o seu prestígio, sendo logo despojada de sua majestade aquela

que toda a Ásia e o mundo veneram".
Ouvindo isto, ficaram cheios de furor e
puseram-se a gritar: "Grande é a Ártemis dos efésios!" A cidade foi tomada de
confusão, e todos se precipitaram para
o teatro, arrastando consigo os macedô-
nios Gaio e Aristarco, companheiros de
viagem de Paulo. Este queria enfrentar o
povo, mas os discípulos não lho permitiram. Também alguns dos asiarcas, seus
amigos, mandaram rogar-lhe que não se
expusesse, indo ao teatro.

Uns gritavam uma coisa, outros outra. A assembleia estava totalmente con-
fusa, e maior parte nem sabia por que
motivo estavam reunidos. (At 19,23-32)

Apesar da atuação perniciosa daquela legião
espiritual perseguidora dos discípulos do Cristo,
como nenhum verdadeiro apóstolo do Senhor caminha sozinho, os Espíritos que sob Suas ordens
acompanhavam aquele trabalho evangelizador entraram em ação, mobilizando os sentimentos de outros cidadãos efésios já mais evoluídos moralmente,
que reagiram em benefício dos pregadores:

Alguns da multidão persuadiram

Alexandre, e os judeus fizeram-no ir para a frente. De fato, fazendo sinal com a mão, Alexandre quis dar uma explicação ao povo. Quando, porém, reconheceram que era judeu, uma voz fez-se ouvir da parte de todos, gritando por quase duas horas: "É grande a Ártemis dos efésios!". Acalmando, afinal, a multidão, o escrivão da cidade assim falou: "Cidadãos de Éfeso! Quem há, dentre os homens, que não saiba que a cidade de Éfeso é a guardiã do templo da grande Ártemis e de sua estátua caída do céu? Sendo indubitáveis estas coisas, é preciso que vos porteis calmamente e nada façais de precipitado. Trouxestes aqui estes homens: não são culpados de sacrilégio, nem de blasfêmia, contra a nossa deusa. Se, pois, Demétrio e os artesãos que estão com ele têm alguma coisa contra alguém, há audiências e há procônsules: que apresentem queixa! E, se tiverdes ainda outras questões além desta, serão resolvidas em assembleias regulares. De mais a mais, estamos correndo o risco de ser acusados de sedição pelo que hoje aconteceu, não havendo causa alguma que possamos alegar, para justificar esta aglomeração." Com estas palavras, pois, dissolveu a assembleia. (At 19,23-40).

Na história do Cristianismo, desde o conluio criminoso dos sacerdotes Anás e seu genro Caifás, sumo sacerdote e seus comparsas, para matarem Jesus simplesmente porque o Profeta Nazareno ameaçou, com sua doutrina de Amor, os lucros pelo câmbio financeiro que praticavam às portas do sagrado Templo de Salomão, até este escândalo provocado pelos ourives de Éfesus supostamente em defesa da deusa Ártemis, os interesses econômicos quase sempre subjazem às práticas religiosas de homens que comercializam a fé.

Ciente da sua grandiosa conquista para o Cristo em Éfesus, sem se abalar:

Depois que cessou o tumulto, Paulo convocou os discípulos, exortou-os e despediu-se, partindo em direção à Macedônia. (At 20,1).

No trajeto, o apóstolo refletia sobre os dois marcantes episódios da sua estada naquela cidade: a derrocada moral daqueles médiuns judeus e a cobiça vaidosa dos ourives, hipócritas devotos da deusa Ártemis. No futuro, Paulo continuaria a lecionar na Escola dos Tianos, em Éfesus, por meio de suas famosas cartas. A *Epístola aos Efésios* é um artigo redigido pelo filósofo de Tarso quando já se encontrava em Roma, no qual, adotando o mais refinado estilo dos famosos pensadores jônicos, ele elaborou preceitos de uma filosofia da liberdade só equiparados, dezoito séculos depois, pelo filósofo alemão Immanuel Kant:

> Vós fostes chamados à liberdade, irmãos. [...] Ora, eu vos digo, conduzi-vos pelo Espírito e não satisfareis os desejos da carne. Pois a carne tem aspirações contrárias ao espírito e o espírito contrárias à carne. [...] Se vivemos pelo Espírito, pelo Espírito pautemos também nossa conduta. (Ef 5,13;1617;25).

Embora avançasse em idade, perdendo, a cada dia, a sua vitalidade física, o Apóstolo das Nações iluminava e fazia crescer sempre mais os seus dons espirituais. Enfrentando, com fé inabalável, os ásperos caminhos e os endurecidos corações dos homens, ele repartia, com abundância, os valores eternos já recolhidos no trabalho com o Cristo, semeando a boa semente do Evangelho nas Almas que se dispunham a recebê-la com fome e sede de Justiça. Com a sua inspirada palavra e abnegado exemplo, ele trilhava com seus pés maltratados o caminho para a conquista do Reino de Deus, regando, nas Almas que encontrava, os germens dos talentos plantados pelo Pai em todas as Criaturas, reafirmando a lembrança que Jesus deixou para toda humanidade: "Sede perfeitos como perfeito é o Pai que está nos Céus", e "fareis tudo o que eu fiz, e mais, pois, sois deuses!"

EPISÓDIO 11

"O VENCEDOR DE SI MESMO"

Trôade/ Mileto/ Éfesus/
Cesareia/ Jerusalém

COLHIDOS OS MELHORES frutos espirituais em Éfesus, seguiu novamente o apóstolo em direção à Macedônia, deixando para trás a região da Jônia e a Ásia Menor, confirmando, pelos mesmos duros caminhos já duas vezes percorridos, os corações conquistados e arrebanhando novas ovelhas para Jesus com a sua inspirada palavra de fé. Mediante sacrifícios, ele cruzou o mar e alcançou novamente as terras berço de Alexandre, o Grande. Após rever os irmãos de Felipos, de Bereia e Tessalônica, o apóstolo desceu até Corinto, lembrando, ao passar novamente por Atenas, a lição de humildade recebida do Mestre, quando ali defrontou a indiferença do Materialismo estoico e epicurista do Areópago.

Na Grécia, nova conspiração dos seus irmãos em judaísmo fez com que ele, pouco antes de embarcar de volta para Antioquia, onde faria uma escala no caminho a Jerusalém, para entregar a coleta que sempre realizava em favor daquela igreja, decidisse retornar a pé, pela Macedônia, até Felipos, estreitando ainda mais os laços amorosos de Jesus com aquela comunidade. Nesta cidade, após se encontrar com Lucas, tomaram uma embarcação para Trôade, cidade antiga famosa na literatura de Homero sob o nome de Troia, onde os aguardavam outros sete discípulos que seguiriam nesta sua última jornada: Sópatro, de Bereia; Aristarco e Segundo, de Tessalônica; Gaio, de Doberes; Timóteo de Listra; Tíquico e Trófimo da Ásia.

Em Troia, tendo reencontrado os irmãos fortemente estabelecidos no amor fraternal com Jesus e estando para zarpar no domingo pela manhã, como era seu costume no encerramento do Shabat, ao pôr do sol do sábado, Paulo se reuniu em assembleia com a comunidade numa grande sala no terceiro andar de uma residência, onde lhes falava com entusiasmo. Sabendo tratar-se de sua despedida em definitivo, ele estendia a sua palavra para depois da meia-noite, quando um adolescente de nome Êutico, que o ouvia sentado no peitoril da janela, vencido pelo sono, adormeceu profundamente e caiu para fora:

> Quando foram levantá-lo, estava morto. Paulo desceu, debruçou-se sobre ele, tomou-o nos braços e disse: "Não vos perturbeis: a sua alma está nele!" Depois, subiu novamente, partiu o pão e comeu; e discorreu por muito tempo ainda, até o amanhecer. Então partiu. Quanto ao rapaz, reconduziram-no vivo, o que os reconfortou sem medida. (At 20,7-12).

Nesse episódio, Paulo de Tarso realizou um fenômeno idêntico àquele praticado por Jesus em favor de Jairo, o desesperado chefe da Sinagoga de Cafarnaum, que, vencendo o preconceito, ante a grave doença de sua filha, foi ao encontro do Mestre:

> "Prostrou-se diante dele dizendo: Minha filha acaba de morrer. Mas vem, impõe-lhe a mão e ela viverá". Levantando-se, Jesus o seguia, juntamente com Seus discípulos. [...] Ao entrar na casa do chefe, vendo os flautistas e a multidão em alvoroço, disse: 'Retirai-vos todos daqui,

porque a menina não morreu: dorme'. E caçoavam dele. Mas, assim que a multidão foi removida para fora, ele entrou, tomou-a pela mão e ela se levantou. A notícia do que aconteceu espalhou-se por toda aquela região." (Mt 9,18-26).

Em ambos os casos não se tratou de uma genuína ressurreição, pois este é um fenômeno realizado pessoalmente pela Alma no despertar da morte, ao reconstituir o seu perispírito e ressurgir no universo espiritual de onde viera para este mundo. O que Jesus e Paulo realizaram foi apenas uma cura orgânica e uma reestimulação da vontade nos jovens enfermos, determinando, com sua autoridade moral, que aquelas duas Almas retomassem o controle dos seus corpos, então parcialmente abandonados em virtude do trauma fisiológico.

Uma ressurreição autêntica foi a que Jesus realizou depois de três dias que o seu corpo físico foi morto na cruz, quando, no domingo da Páscoa, pela manhã, pode mostrar-se como Espírito; em primeiro lugar, a uma admirada Maria de Magdala e, logo em seguida, aos demais discípulos. A única diferença entre a Sua ressurreição e a que cada ser humano pratica depois da morte é que ele, plenamente senhor da Ciência Natural, em apenas 40 horas reconstituiu tão perfeitamente o seu corpo espiritual, que pôde ser tocado pelo incrédulo Tomé, enquanto que a maioria dos seres humanos demanda anos nessa realização, não sendo sequer capaz de se mostrar vivos aos seus entes queridos que ficaram no mundo.

Os feitos espirituais realizados pelo Mestre Nazareno sobre a filha de Jairo e por Paulo de Tarso sobre o jovem Êutico, como eles próprios esclareceram, foi apenas para a cura de profundo coma físico e reforço do ânimo de voltarem ao corpo. Com os seus conhecimentos sobre a Ciência da vida material, e da vontade como a força essencial do Espírito, Jesus e Paulo transfundiram nos corpos dos adolescentes renovadas energias fluídicas, curando-os ao mesmo tempo que estimulavam neles o desejo imediato de voltarem ao controle da vida física, para cumprimento de sua jornada terrena.

Ao afirmar Jesus: "a menina não morreu: dorme", e Paulo: "a sua alma está nele", sabiam que a morte só se consolida com a total ruptura dos estreitos laços que ligam o corpo espiritual ao corpo físico. Enquanto este fenômeno não ocorre, é possível aos médiuns moralmente elevados e cientificamente preparados, como Jesus e Paulo, promoverem tanto a revitalização da matéria quanto o impulso da vontade para a continuidade da vida corporal, e a retomada do aprendizado moral propiciado pela vida familiar e social no mundo.

Após realizar mais esta profícua experiência junto dos irmãos de Troia, Paulo de Tarso seguiu por terra, tendo combinado encontrar com Lucas e os demais discípulos na cidade de Assos, onde deveriam recolhê-lo a bordo de uma embarcação, e seguirem juntos para Mileto. Tendo alcançado as terras do famoso Tales, Paulo decidiu prosseguir viagem sem parar, dessa vez, em Éfesus, berço do não menos famoso pensador Heráclito, pois pretendia chegar a Jerusalém em tempo para as comemorações do Pentecostes.

Entretanto, avisado em premonição mediúnica, pelos Espíritos do Senhor, que não mais voltaria a ver os irmãos da Ásia Menor, e que aquela seria também a última vez que viajaria até a Cidade Santa de Mileto, Paulo enviou emissários a Éfesus, convocando os anciãos daquela comunidade para um último encontro junto ao mar, no que foi prontamente atendido. Assim, pôde o apóstolo falar aos discípulos da Jônia num emocionado discurso de despedida, que alcançou todos os povos por ele conquistados em nome do Cristo:

Vós bem sabeis como procedi para convosco o tempo todo, desde o primeiro dia em que cheguei à Ásia. Servi ao Senhor com toda a humildade, com lágrimas, no meio das provações que me sobrevieram pelas ciladas dos judeus. E nada do que vos pudesse ser útil eu negligenciei de anunciar-vos e ensinar-vos, em público e pelas casas, conjurando judeus e gregos ao arrependimento diante de Deus e à fé em Jesus, nosso Senhor." (At 20,18-21).

O Apóstolo das Nações, atestando sua vinculação incondicional ao suave jugo que livremente adotara junto do Espírito Jesus, continuou:

Agora, acorrentado pelo Espírito, dirijo-me a Jerusalém, sem saber o que lá me sucederá. Senão que, de cidade em cidade, o Espírito Santo me adverte dizendo que me aguardam cadeias e tribulações. Mas, de forma alguma, considero minha vida preciosa a mim mesmo, contanto que leve a bom termo a minha carreira e o ministério que recebi do Senhor Jesus: dar testemunho do Evangelho da graça de Deus.

Agora, porém, estou certo de que

não mais vereis minha face, vós todos entre os quais passei proclamando o Reino. Eis por que eu o atesto, hoje, diante de vós: estou puro do sangue de todos, pois não me esquivei de vos anunciar todo o desígnio de Deus para vós.

[...] Vigiai, portanto, lembrados de que, durante três anos, dia e noite, não cessei de admoestar com lágrimas a cada um de vós. [...]

De resto, não cobicei prata, ouro, ou vestes de ninguém: vós mesmos sabeis que, às minhas necessidades e às de meus companheiros, proveram estas mãos. Em tudo vos mostrei que é afadigando-nos assim que devemos ajudar os fracos, tendo presentes estas palavras do Senhor Jesus, que disse: "Há mais felicidade em dar que em receber".

Após estas palavras, ajoelhou-se e orou com todos eles. Todos, então, prorromperam num choro convulsivo. E, lançando-se ao pescoço de Paulo, beijavam-no, veementemente aflitos, sobretudo pela palavra que dissera: que não mais haveriam de ver sua face. E acompanharam-no até ao navio. (At 20,22-38).

A premonição é uma advertência espiritual sobre uma ocorrência benéfica ou maléfica no porvir. É uma precognição que se dá sem o concurso dos órgãos físicos e que independe de reflexões sobre a experiência empírica, sendo dada espontânea e exclusivamente pelos sentidos espirituais, imortais como o próprio Ser. São aquelas intuições e ideias puras referidas pelo filósofo Immanuel Kant, as quais se realizam sem a participação das faculdades dos sentidos e do entendimento. No entanto, isso não significa que a premonição deva ser aceita indiscriminadamente, pois toda revelação espiritual deve ser submetida ao crivo do tribunal da razão, uma vez que, encontrando-se o futuro integralmente condicionado pela liberdade individual, os fatos revelados dependem sempre da autonomia da vontade para a sua realização e, às vezes, envolvem outros indivíduos igualmente livres.

O conhecimento premonitório pode dar-se na forma de um sonho ocorrido no momento em que o corpo esteja semi ou totalmente adormecido e, no caso de médiuns experimentados como Paulo de Tarso, quando a Alma se encontra recolhida em meditações sob preces. É sempre o Espírito quem se desprende parcialmente do corpo físico, entrando em mais franca comunicação com as Inteligências ao seu redor, delas recebendo a informação sobre possíveis ocorrências porvindouras que são interpretadas em forma de precognição. Segundo esclarecimentos de Allan Kardec, as premonições nos chegam na forma da voz da Consciência, que nos acode nos graves momentos existenciais.

Paulo de Tarso tinha plena consciência da "nuvem de testemunhas" espirituais que segue a humanidade, tal como revelado por ele na sua Carta aos Hebreus, (12,1), a qual, quando constituída por Bons Espíritos, é conhecida por "Espírito Santo". O apóstolo também advertiu da maléfica interferência exercida nos pensamentos por outra legião de Espíritos ignorantes, que ele chamou Satanás em sua Carta aos Tessalonicenses (2,18). Sem dúvida, foram os Espíritos do Senhor quem o alertaram sobre as ciladas que o aguardavam em Jerusalém. Nem assim ele desistiu ou se intimidou em seguir para lá, visando cumprir integralmente sua missão.

Lucas relatou também essa emocionante passagem da vida do apóstolo:

> Então, tendo-nos como que arrancado de seus braços, embarcamos e navegamos em linha reta à ilha de Cós. No dia seguinte, chegamos a Rodes e, de lá, a Pátara. Encontrando aí um navio que

fazia a travessia para a Fenícia, embarcamos e nos fizemos ao mar. Chegando à vista de Chipre, deixamo-la à esquerda e continuamos a vogar rumo à Siria, aportando em Tiro: aí devia o navio descarregar. Encontrando os discípulos, ficamos lá sete dias. Movidos pelo Espírito, eles diziam a Paulo que não subisse a Jerusalém. Completados os dias da nossa permanência, partimos. Todos quiseram acompanhar-nos com suas mulheres e crianças, até fora da cidade. Na praia pusemo-nos de joelhos, para orar. Depois, despedimo-nos mutuamente e embarcamos. Eles voltaram para suas casas. (At 21,1-6).

Tanto Paulo quanto os discípulos de Tiro foram avisados, premonitoriamente, quanto aos destinos que aguardavam o apóstolo em Jerusalém. Entretanto, somente seus amigos ficaram temerosos por ele. Ciente do seu compromisso com Jesus e do quanto teria ainda que sofrer em Seu nome, tal como lhe advertira o próprio Mestre naquela agora já distante comunicação mediúnica realizada por Ananias ainda em Damasco, o ex-doutor do Sinédrio seguiu intimorato, alcançando presto a cidade de Cesareia, já nas proximidades de Jerusalém, o destino final dessa sua terceira viagem. Lucas relembra:

> Quanto a nós, concluindo nossa viagem, de Tiro chegamos a Ptolomaida. Ali, tendo saudado os irmãos, ficamos um dia com eles. Partindo no dia seguinte, dirigimo-nos a Cesareia. Lá encaminhamo-nos à casa de Felipe, o Evangelista, que era um dos Sete, com quem nos hospedamos. Ele tinha quatro filhas virgens, que profetizavam. Enquanto passávamos aí vários dias, desceu da Judeia um profeta, chamado Ágabo. Vindo ter conosco, ele tomou o cinto de Paulo e, amarrando-se de pés e mãos, declarou: "Isto diz o Espírito Santo: Assim os judeus prenderão, em Jerusalém, o homem a quem pertence este cinto, e o entregarão às mãos dos gentios. Ao ouvirmos essas palavras, nós e os do lugar começamos a suplicar a Paulo que não subisse a Jerusalém. Mas ele respondeu: "Que fazeis, chorando e afligindo meu coração? Pois estou pronto, não somente a ser preso, mas até a morrer em Jerusalém, pelo nome do Senhor Jesus. Como não se deixasse persuadir, aquietamo-nos, dizendo: "Seja feita a vontade do Senhor!" (At 21,7-14).

A bondade infinita de Jesus para com Paulo de Tarso revelou-se também na última advertência que o divino Mestre prestou a esse discípulo, então já plenamente constituído verdadeiro apóstolo, por ter enfrentado, resignado, tanto sofrimento em Seu nome. Fiel ao ensinamento do Cristo de que o Pai não quer a morte do pecador, mas a misericórdia, os Espíritos do Senhor fizeram ao médium do Cristo um último alerta quanto ao destino cruel que o aguardava em Jerusalém, por meio de uma comunicação espiritual ainda mais ostensiva do que a simples premonição, levando o médium Ágabo a encenar a prisão do apóstolo.

Paulo de Tarso, tendo já cumprido plenamente o seu Dever testemunhando a fé em Cristo Jesus, em nenhum momento se deixou intimidar, afirmando aos seus discípulos e a todos os irmãos:

Pois estou pronto, não somente a ser preso, mas até a morrer em Jerusalém, pelo nome do Senhor Jesus." (At 21,13).

Amadurecido pelo caminho trilhado humildemente junto ao Espírito do Senhor, o discípulo fiel mostrava-se agora um justo divulgador dos ensinamentos trazidos com a Boa Nova. Restava, no entanto, redimir-se perante sua própria Consciência

Espiritual pelos escândalos equivocadamente provocados em nome de Moisés. Para isso, ele teria que subir até Jerusalém, num percurso em ascensão não meramente topográfico, mas numa trajetória de íntima vinculação ao Cristo, que lhe determinava atender à mais árdua e difícil elevação do Espírito. Mais uma vez, Paulo cumpriria o seu papel como verdadeiro apóstolo, ministrando o seu exemplo a todos os peregrinos e devotos do futuro, escolhendo suportar o mesmo padecimento físico e a humilhação moral que ele impusera aos cristãos, e que agora o aguardavam naquela sua amada cidade.

Ele, que já enfrentara todas as lutas entre orgulhosos irmãos de religião e de filosofias, pelas diversas regiões e culturas do mundo greco-romano, agora confrontaria a elite da sua própria raça, como que se obrigando a um último e definitivo embate consigo mesmo e com os resquícios do homem velho que temia ainda agasalhar no mais profundo recôndito do seu Ser: o orgulho e a vaidade.

Sobre obstinados passos de conquistador de si mesmo, Paulo de Tarso caminhou por sete dias até começar a avistar as suntuosas edificações daquela cidade, cujas estruturas de arenito branco harmoniosamente arquitetadas sobre aquele planalto fazem-na brilhar ao longe sob os raios inclementes de um sol desértico, que a castiga ao mesmo tempo que a destaca entre todas as demais cidades do seu tempo. Ali ele sabia que as indeléveis lições recebidas nos últimos trinta anos em convívio direto com o Espírito Jesus seriam desafiadas por suas antigas relações como autoridade farisaica, quando mais apegado à forma que ao Espírito da Lei consagrada pelo médium do Sinai.

Percorrendo intimorato os últimos quilômetros da sua derradeira visita àquela sua amada cidade santa, o peregrino do Senhor venceu a si mesmo, conseguindo sobrepujar, em definitivo, tanto o temor extremo da morte quanto a soberba do Espírito. A partir de mais esse heroico testemunho, ele se mostraria totalmente preparado para o serviço do Cristo, atestando a toda humanidade peregrina neste mundo como se deve trilhar essa mesma estrada, ao fim da qual todos regressaremos à verdadeira Cidade de Deus, a Consciência do próprio Espírito, onde Jesus espera por todos.

EPISÓDIO 12

"O TESTEMUNHO DE AMOR"

Jerusalém

A CHEGADA DE Paulo de Tarso em Jerusalém foi recebida pelos discípulos diretos do Senhor com louvações, regozijando-se todos com a presença do velho companheiro que também agora andava ao lado do Cristo. Para além das contribuições pecuniárias recolhidas com os gentios e trazidas para socorro aos necessitados daquele Caminho, as alvissareiras notícias da abundante colheita de novos corações para Jesus nas inóspitas terras por ele percorridas e as lembranças das inúmeras comunidades constituídas ao longo das três décadas de trabalho cristão fizeram daquele reencontro verdadeiro motivo de júbilo.

Até mesmo Tiago, o discípulo ainda muito vinculado ao judaísmo, estava feliz com o retorno do ex-adversário, reunindo, em sua casa, todos os anciãos para receberem e saudarem, com o ósculo fraternal, aquele que outrora desprezaram como a um vaso indigno das benesses trazidas por Jesus. Entretanto, mais uma vez, os líderes cristãos da Cidade Santa descuraram a vigilância recomendada pelo divino Mestre e, numa reincidência lamentável, permitiram a infiltração dos pensamentos de cizânia lançados pelos Espíritos promotores da discórdia que perseguiam o apóstolo divulgador da divina permanência do Senhor no mundo.

Repassando, segundo o seu próprio entendimento, as pregações do apóstolo entre as nações gentílicas, os mais arraigados ao farisaísmo ainda condenavam a sua recusa em cumprir os deveres ritualísticos da tradição judaica, levianamente acusando-o de difundir ensinos contrários à Lei de Moisés, principalmente por opor-se à circuncisão. Alegando fundado temor de represálias por parte dos judeus de Jerusalém, em virtude da sua presença naquela cidade, apresentaram-lhe uma proposta de conciliação que lhes foi soprada aos invigilantes ouvidos pelos Espíritos inimigos do Cristo, a fim de que, rompendo o acordo celebrado no Primeiro Concílio, ali mesmo realizado duas décadas atrás, renunciasse o ex-rabino às suas renovadas convicções e voltasse a fazer oferendas no Templo, conduzindo consigo quatro de seus seguidores.

Porque constituído agora num Espírito mais abnegado pela honesta e genuína vivência do Evangelho, sem se preocupar com a humilhação que aquele ato constituiria, nem com a grave ameaça à sua liberdade que a presença no Templo provocaria, Paulo de Tarso acabou por concordar com a desatinada sugestão dos atemorizados líderes cristãos, resignadamente atendendo àquela insensata proposta, numa última tentativa de conquista da paz com os seus irmãos de judaísmo. É Lucas, mais uma vez, quem nos conta:

> Paulo, então, levou os homens consigo. No dia seguinte, purificou-se com eles e entrou no Templo, comunicando o prazo em que, terminados os dias da purificação, devia ser oferecido o sacrifício na intenção de cada um deles.
>
> Os sete dias estavam chegando ao fim, quando os judeus da Ásia, tendo-o percebido no Templo, amotinaram toda a multidão e o agarraram, gritando: "Homens de Jerusalém, socorro! Este é o indivíduo que ensina a todos e por toda parte contra o nosso povo, a Lei e este Lugar! Além disso, trouxe gregos para dentro do Templo, assim profanando este santo

Lugar". De fato, viram antes a Trófimo, o efésio, com ele na cidade, e julgavam que Paulo o houvesse introduzido no Templo.

A cidade toda agitou-se e houve aglomeração do povo. Apoderaram-se de Paulo e arrastaram-no para fora do Templo, fechando-se imediatamente as portas. (At 21,26-30).

Apesar da violência com que fora preso, Paulo comprovaria, mais uma vez, a fidelidade da promessa que o Senhor lhe fizera em Corinto, de que, não obstante o sofrimento que experimentaria em Seu nome, ele seria protegido na sua pregação da Boa Nova. Assim, de acordo com Lucas:

Já procuravam matá-lo, quando chegou ao tribuno da corte a notícia: "Toda a Jerusalém está amotinada!". Ele imediatamente destacou soldados e centuriões e arremeteu contra os manifestantes. Estes, à vista do tribuno e dos soldados, cessaram de bater em Paulo. Aproximou-se, então, o tribuno, deteve-o e mandou que o prendessem com duas correntes; depois, perguntou quem era e o que havia feito. Uns gritavam uma coisa, outros outra, na multidão. Não podendo, pois, obter uma informação segura, por causa do tumulto, ordenou que o conduzissem para a fortaleza. Quando chegou aos degraus, Paulo teve de ser carregado pelos soldados, por causa da violência da multidão. Pois a massa do povo o seguia, gritando: "À morte com ele!". (At 21,26-30).

Como ocorrera também na cidade da Grécia, Jesus demonstrou que já tinha um povo numeroso em Jerusalém, a plêiade do Espírito Santo, Inteligências que servem ao Cristo e que, inspirando alguns soldados, conseguiram amainar o ânimo sempre violento dos oficiais romanos, convocando os militares a permitirem que o apóstolo se defendesse:

Estando para ser recolhido à fortaleza, disse Paulo ao tribuno: "É-me permitido dizer-te uma palavra?". Replicou o tribuno: "Sabes o grego? Não és tu, acaso, o egípcio que, dias atrás, sublevou e arrastou ao deserto quatro bandidos?". Respondeu-lhe Paulo: "Eu sou judeu, de Tarso, da Cilícia, cidadão de uma cidade insigne. Agora, porém, peço-te: permita-me falar ao povo.

A guerra espiritual deflagrada por Jesus três décadas atrás, para afirmação da sua Boa Nova em Jerusalém, não tinha sido encerrada com aquela trágica batalha do Gólgota, quando o seu corpo fora exposto como um sangrento estandarte na cruz. Aquela tinha sido apenas a primeira e necessária estratégia do Mestre, a fim de que pudesse realizar a ressurreição, suplantando, definitivamente, o medo da morte. Assim, embora o principal conflito tivesse sido vencido pelo Cristo naquela libertadora manhã no domingo de Páscoa, essa definitiva conquista sobre a morte carecia ainda ser divulgada para a consolação de todos os povos; por isso, ele convocara para si aquele combativo general da palavra:

Dando-lhe ele a permissão, Paulo, de pé sobre os degraus, fez sinal com a mão ao povo. Fazendo-se grande silêncio, dirigiu-lhes a palavra em língua hebraica: "Irmãos e pais, escutai a minha defesa, que tenho agora a vos apresentar.". Tendo ouvido que lhes dirigia a palavra em língua hebraica, fizeram mais silêncio ainda. Ele prosseguiu: "Eu sou judeu. Nasci em Tarso, da Cilícia, mas criei-me nesta cidade, educado aos pés de Gamaliel, na observância exata da Lei de nossos pais, cheio de zelo por Deus, como vós todos os dias de hoje. Persegui de morte este Caminho, prendendo e lançando à prisão homens e mulheres, como o podem testemunhar o sumo sacerdote e todos os anciãos. Deles cheguei a receber cartas de recomendação para os irmãos em Damasco e para lá me dirigi, a fim de trazer algemados para Jerusalém os que lá estivessem para serem aqui punidos. (At 22,1-5).

O Cristo não poderia contar melhor testemunha perante a sua própria Nação, pois o filósofo de Tarso, que fora rabino naquela cidade dos Profetas e gozara também de enorme prestígio como magistrado do Sinédrio, era igualmente cidadão e jurista romano, qualificações perfeitas para que obtivesse integral fidúcia no seu depoimento:

> Ora, aconteceu que, estando eu a caminho e aproximando-me de Damasco, de repente, por volta do meio-dia, uma grande luz vinda do céu brilhou ao redor de mim. Caí ao chão e ouvi uma voz que me dizia: "Saul, Saul, por que me persegues?". Respondi: "Quem és, Senhor?". Ele me disse: "Eu sou Jesus, o Nazareu, a quem tu persegues". Os que estavam

comigo viram a luz, mas não escutaram a voz de quem falava comigo. Eu prossegui: "Que devo fazer, Senhor?". E o Senhor me disse: Levanta-te e entra em Damasco: lá te dirão tudo o que te é ordenado fazer. Como eu não enxergava mais por causa do fulgor daquela luz, cheguei a Damasco levado pelas mãos dos que estavam comigo.

Certo Ananias, homem piedoso segundo a Lei, de quem davam bom testemunho todos os judeus da cidade, veio ter comigo. De pé, diante de mim, disse-me: "Saul, meu irmão, recobra a vista". E eu, na mesma hora, pude vê-lo. Ele disse então: "O Deus de nossos pais te predestinou para conheceres a sua vontade, veres o Justo e ouvires a voz saída de sua boca. Pois tu hás de ser sua testemunha, diante de todos os homens, do que viste e ouviste. E agora, que esperas? Recebe o batismo e lava-te dos teus pecados, invocando o seu nome!" (At 22,6-16).

A missão de Paulo de Tarso estava agora quase completa. Depois de percorrer os mais recônditos lugares do mundo greco-romano, ele voluntariamente comparecia diante das maiores autoridades religiosas de Jerusalém, que o detestavam, para dar testemunho da Verdade mostrada ali mesmo por aquele humilhado Jesus de Nazaré.

O apóstolo, que se preparara nos ásperos caminhos da vida, enfrentaria agora a sua mais árdua tarefa: tentar ser profeta em sua própria casa. Ele, que vencera a vaidade pessoal, esqueceu-se de que ela faz violentos aqueles dos quais se evidencia os erros, ameaçando-lhes as convicções de toda uma vida. Esses homens, quando devotados à Filosofia e à Ciência, reagem quase sempre com a negação, como os intelectuais do Areópago de Athenas; aqueles que se dizem religiosos, entretanto, como provam as inúmeras guerras da história, liberam toda a sua violência contra os que ousam questionar a sua crença. Por isso, a leviandade sacerdotal de Jerusalém pesaria também sobre o autorizado testemunho do apóstolo, como pesara sobre Jesus de Nazaré:

> Depois, tendo eu voltado a Jerusalém, e orando no Templo, sucedeu-me entrar em êxtase. E vi o Senhor, que me dizia: "Apressa-te, sai logo de Jerusalém, porque não acolherão o teu testemunho a meu respeito". Retruquei então: "Mas, Senhor, eles sabem que era eu quem

andava prendendo e vergastando, de sinagoga em sinagoga, os que criam em ti.
E, quando derramavam o sangue de Estêvão, tua testemunha, eu próprio estava
presente, apoiando aqueles que o matavam, e mesmo guardando suas vestes".
Ele, contudo, disse-me: "Vai, porque é
para os gentios, para longe, que quero
enviar-te". (At 22,17-21).

Naquele tempo, como agora, não satisfeitos
apenas em desprezar seus adversários, homens de
religião, e mesmo intelectuais, quase sempre exi-
gem a eliminação dos que ousam afirmar realidades
distintas das suas crenças, não obstante, às vezes,
desejarem estes simplesmente testemunhar a Verdade, como era o caso do apóstolo. Se os verdadeiros filósofos se contentam apenas com a destruição
leviana da reputação dos seus contraditores, no
caso de Paulo de Tarso, pensador e homem de fé,
as autoridades de Jerusalém procuraram calar definitivamente sua voz, incitando a população para a
violência:

Escutaram-no até este ponto. A estas palavras, porém, começaram a gritar:
"Tira da terra este indivíduo! Não convém
que ele viva!". E vociferavam, arremes-

savam os mantos e atiravam poeira aos ares. O tribuno mandou, então, recolhê--lo à fortaleza, ordenando também que o interrogassem sob açoites, a fim de averiguar o motivo por que gritavam tanto contra ele.

Quando o estenderam, Paulo observou ao centurião presente: "Ser-vos-á lícito açoitar um cidadão romano, ainda mais sem ter sido condenado?". A estas palavras, o centurião foi ter com o tribuno para preveni-lo: "Que vais fazer? Este homem é cidadão romano!". Vindo então o tribuno, perguntou a Paulo: "Dize-me: tu és cidadão romano?".

"Sim", respondeu ele. O tribuno retomou: "Precisei de vultoso capital para adquirir esta cidadania". "Pois eu, disse Paulo, a tenho de nascença". Imediatamente se afastaram dele os que iam torturá-lo. O próprio tribuno teve receio, ao reconhecer que era cidadão romano, e que mesmo assim o havia acorrentado." (At 22,22-29).

Para não prejudicar o trabalho que realizava em nome do Cristo, pela segunda vez apenas, Paulo invocaria sua cidadania romana, uma vez que, assim titulado desde o nascimento, ele estava protegido sob as *Lex Julia, Valérias* e *Pórcias,* as quais garantiam a integridade física de qualquer filho de Roma até sua definitiva condenação por um devido processo legal. Desta forma, enquanto os soldados romanos se mostravam prudentes, acatando o seu testemunho civil, os fanáticos religiosos e os sacerdotes do Templo, mais uma vez, rejeitaram o seu atestado sobre a Verdade da ressurreição de Jesus.

O Espiritismo de Allan Kardec (1824-1869) vem demonstrando, nestes dois últimos séculos, que todo fanatismo é impulsionado pela obsessão espiritual. Foi, portanto, mais uma vez, aquela "nuvem de testemunhas", denunciada por Paulo na Sua Carta aos Hebreus (12,1), quem atuou sobre a população e as autoridades de Jerusalém, turvando-lhes o entendimento e fazendo com que rejeitassem o depoimento de um filho daquela casa, em tudo e por tudo até então fiel à Lei de Moisés, noutra tentativa violenta de manter escondida a realidade do Espírito imortal.

Depois daquela tumultuada sessão às portas da Fortaleza Antonia, reconhecendo a distinção do prisioneiro, o tribuno romano determinou fosse Paulo recolhido para a sua proteção, decretando, para o dia seguinte, nova reunião com os chefes dos sacerdotes e com todo o Sinédrio para ser ouvido o acusado. Foi assim que, apesar das veementes ameaças de morte, o apóstolo agora poderia testemunhar, sob proteção do Império do César, que aquele humilhado Profeta de Nazaré, desprezado pela Suprema Corte religiosa, perante a qual agora ele também se encontrava, era verdadeiramente o Messias Salvador.

O último confronto dessa batalha de Jerusalém é também narrado por Lucas:

> Fixando os olhos no Sinédrio, Paulo assim falou: "Irmãos, é inteiramente em boa consciência que me tenho conduzido perante Deus, até o dia de hoje". Foi quando o sumo sacerdote Ananias mandou a seus assistentes que lhe batessem na boca. (At 23,1-2).

Mostrando o seu inteiro domínio sobre a Lei de Moisés e os Profetas, falou Paulo com autoridade:

> "Deus vai ferir-te a ti, parede caiada! Tu te sentas para julgar-me segundo a Lei, e violando a Lei ordenas que me batam?" [...]

> A seguir, tendo conhecimento de que

uma parte dos presentes eram saduceus e a outra parte eram fariseus, exclamou no Sinédrio: "Irmãos, eu sou fariseu, e filho de fariseus. É por causa de nossa esperança, a ressurreição dos mortos, que estou sendo julgado". Apenas disse isso, formou-se um conflito entre fariseus e saduceus, e a assembleia se dividiu. Pois os saduceus dizem que não há ressurreição, nem anjo nem espírito, enquanto os fariseus sustentam uma e outra coisa. Levantou-se um vozerio enorme. Então, alguns escribas do partido dos fariseus puseram-se a protestar, dizendo: "Nenhum mal encontramos neste homem. E se lhe tivesse falado um espírito, ou um anjo?". Crescia em proporções o conflito. Receando o tribuno que Paulo viesse a ser estraçalhado por eles, ordenou que o destacamento descesse e o subtraísse ao meio deles, reconduzindo-o à fortaleza. (At 23,3-10).

Apaixonados por suas convicções, desde aquela época os homens de Israel já constituíam partidos religiosos. Os mais poderosos eram, então, os fariseus e os saduceus, os quais radicalmente se dividiam entre a crença e a negação da ressurreição.

Paulo era fariseu e havia testemunhado o ressurgir do Senhor plenamente vivo naquela Estrada de Damasco. Ao relatar esses fatos, ele conquistou a simpatia dos membros do Sinédrio partidários do farisaísmo, que o absolveram e até admitiram a possibilidade de estar o apóstolo inspirado por um Bom Anjo. Mal sabiam eles que, de fato, o Bom Espírito que o inspirava era o próprio Jesus. Os negadores materialistas saduceus, entretanto, condenavam-no como a um louco, exigindo a sua execução sumária.

Inconformados com a proteção que lhe era garantida pelas autoridades romanas em face da sua condição de cidadão submetido ao César, mais de quarenta judeus se reuniram no dia seguinte e se comprometeram, sob pena de maldição, não comer nem beber enquanto não matassem Paulo, convocando as autoridades do Sinédrio para que aderissem a essa conjuração e exigissem dos representantes de Roma nova inquirição do acusado.

Porém, não lhe faltando a proteção dos Espíritos do Senhor, um sobrinho de Paulo, filho de sua irmã que residia em Jerusalém, igualmente jovem fariseu, tomando conhecimento dessa trama mortal dos judeus, enredados que se encontravam pelas determinações espirituais funestas daquela legião de Satanás, fez chegar a notícia dessa intriga até ao apóstolo. Este, requerendo ao centurião conduzisse o jovem perante o tribuno, comunicou-lhe a promessa dos judeus e a trama de emboscada para a sua morte.

Recomendando ao rapaz o silêncio absoluto quanto àquela preocupante notificação, o oficial determinou a dois centuriões providenciassem forte escolta para conduzir a salvo o prisioneiro até a cidade de Cesareia, então capital daquela província, onde o mesmo seria apresentado diretamente perante o governador Félix, autoridade competente para decidir sobre o seu destino.

Assim, sob a proteção daqueles dominadores romanos que, enquanto hebreu, deveriam ser considerados inimigos, mas que agora se convertiam em admiradores, Paulo de Tarso se despediu, pela última vez, da sua amada Jerusalém, comprovando a veracidade da sua missão de servir com Jesus, principalmente como testemunha do Cristo perante os povos gentios. No caminho, o apóstolo meditava sobre a última visita que recebera daquele misericordioso Espírito, no ápice das ameaças de morte que lhe endereçavam os seus antigos companheiros de fé judaica:

Na noite seguinte, aproximou-se dele o Senhor e lhe disse: "Tem confiança! Assim como deste testemunho de mim em Jerusalém, é preciso que testemunhes também em Roma!" (At 23,11).

Recusado por seus irmãos judeus no fiel testemunho que prestava a Jesus naquela sua outrora Cidade Santa, seguia convicto o Apóstolo das Gentes no rumo de Cesareia, entristecido pela divina oportunidade desprezada pelo seu antigo povo. Naquele momento, Paulo de Tarso não tinha ainda consciência de que a sua detenção era o escândalo do qual o Mestre se valeria para inseri-lo diretamente no coração do Império Romano, fazendo com que o seu inflamado verbo alcançasse, como a brisa do mar e a luz solar do Mediterrâneo, os inexpugnáveis domínios da famosa Cidade Eterna, penetrando aqueles endurecidos corações através da Boa Nova do Cristo, ao testemunhar que infinito é o Espírito e eterno só o Amor do Pai.

EPISÓDIO 13

"O DOUTOR DA LEI"

Cesareia

TENDO SE LIVRADO a tempo da cilada armada pelos seus irmãos em judaísmo de Jerusalém, Paulo de Tarso alcançou a cidade de Cesareia em segurança. Conduzido para a prisão, ele aguardou a designação da audiência pelo governador romano Félix, uma vez já cientificada esta máxima autoridade provincial do conteúdo da correspondência que o acompanhava, com as acusações contra ele oferecidas pelo Sinédrio. O relatório lavrado pelo tribuno Cláudio Lísias destacava a cidadania romana do acusado. Indagado sobre a sua província de origem, Paulo revelou ser cidadão de Tarso, na Cilícia. Diante desse interrogatório preliminar, Félix decretou:

Ouvir-te-ei quando também teus acusadores tiverem chegado. E mandou ficasse detido no pretório de Herodes. (At 23,35).

Cinco dias depois, chegou também à Cesareia o sumo sacerdote Ananias, aquele mesmo repreendido por Paulo diante do Tribunal de Jerusalém, pela gratuita agressão que lhe impusera, devidamente acompanhado pelo advogado daquela corte religiosa, de nome Tertulo, sendo, por fim, instaurada a sessão de julgamento. O empolado representante legal do Sinédrio, após retórica bajulação à autoridade do César, formulou seu libelo acusatório, manchado pela falsa alegação de que o acusado sublevara o povo contra Moisés. Com a palavra, advogando em causa própria, o doutor de Tarso mostrou toda a sua capacidade como judeu e como jurisconsulto romano:

Então, tendo o governador feito sinal para que falasse, Paulo respondeu:

"Ciente de que há muitos anos asseguras a justiça a esta nação, de bom ânimo passo a defender a minha causa. Tu podes assegurar-te do seguinte: não há mais de doze dias que subi a Jerusalém em peregrinação. Ora, nem no Templo, nem nas sinagogas, nem pela cidade, viu-me alguém discutindo com outrem ou provocando motins entre a multidão. Eles não podem provar-te aquilo de que agora me acusam". (At 24,10-13).

Desde o preâmbulo, a defesa de Paulo revelava os seus dotes jurídicos não apenas como magistrado do Sinédrio, especialista na Lei de Moisés, mas também na qualidade de ilustrado doutor da Lei Romana. Como tal, ele sabia que o procedimento judiciário da autoridade civil determinava, desde aqueles longínquos tempos, que o ônus da prova incumbe sempre a quem acusa . E também, como pregador comprometido com o Cristo, ele não perderia aquela grandiosa oportunidade de inserir na Alma do governador romano e das pessoas presentes naquele tribunal, especialmente dos religiosos judeus, o embrião da Boa Nova. Por isso, valendo-se daquela ilustrada assistência, ele continuou:

Isto, porém, confesso-te: é segundo o Caminho, a que chamam de seita, que eu sirvo ao Deus dos meus pais, crendo em tudo o que está conforme a Lei e se encontra escrito nos Profetas. E tenho em Deus a esperança, que também eles acalentam, de que há de acontecer a ressurreição, tanto de justos como de injustos.

Eis por que também eu me esforço por manter uma consciência irrepreensível constantemente, diante de Deus e diante dos homens. (At 24,14-16).

Com essa fala introdutória, o advogado Paulo de Tarso convocava, em sua defesa, a própria consciência moral do julgador, tentando garantir que Félix agisse não apenas segundo os estritos ditames da *lex romana,* mas também segundo um senso Ético. Como jurista e filósofo helenista-romano, ele conhecia os textos de Lúcio Aneu Séneca, o igualmente célebre jurista e filósofo, seu contemporâneo, irmão do governador da província da Acaia, Lúcio Júnio Gálio Ariano, ético magistrado que já o havia absolvido de outras injustas acusações da parte dos judeus em Corinto.

Agora, em Cesareia, alertado pelo Espírito Jesus quanto ao caráter corrupto de Félix, o governador local que o julgaria, o arguto jurisconsulto dos gentios evocava, como medida preliminar de sua defesa, a consciência ética dessa não confiável autoridade, para que ela não se deixasse levar pela sua ânsia de cobiça dos abastados cofres do Sinédrio.

Continuando, o doutor das Gentes relatou:

Depois de muitos anos, vim trazer

esmolas para o meu povo e também apresentar ofertas. Foi ao fazê-lo que me encontraram no Templo, já purificado, sem ajuntamento e sem tumulto. Alguns judeus da Ásia, porém... são eles que deveriam apresentar-se a ti e acusar-me, caso tivessem algo contra mim. Ou digam, estes que aqui estão, se encontraram algum delito em mim ao comparecer eu perante o Sinédrio. A não ser que se trate desta única palavra que bradei, de pé, no meio deles: – É por causa da ressurreição dos mortos que estou sendo julgado hoje, diante de vós!" (At 24,17-21).

Fiel à sua tarefa apostolar, mesmo que em meio a um julgamento que decidiria a sua vida ou morte, Paulo de Tarso não perderia a oportunidade de testemunhar a ressurreição e, pois, a vida plena do Espírito Jesus, depois da injusta crucificação que lhe fora imposta por aquele mesmo Tribunal religioso, que agora também levianamente o acusava. A sua defesa preliminar havia surtido animador efeito, pois, apesar de corrupto, Félix não conseguiria vencer o tribunal da própria consciência, indeferindo, então, o requerimento do advogado do Sinédrio para que o acusado fosse entregue aos ricos sacerdotes de Jerusalém.

Por isso:

> Félix, que era muito bem-informado do que concerne ao Caminho, reenviou-os a outra audiência, dizendo: "Quando o tribuno Lísias descer, julgarei a vossa questão". E ordenou ao centurião que o mantivesse detido, mas lhe desse bom tratamento, e a nenhum dos seus impedisse de prestar-lhe assistência. (At 24,22-23).

A cobiça do governador, entretanto, era um vício incontrolável e, pretextando interesse de sua esposa judia em conhecer a nova fé no Cristo Jesus, com frequência convocava o apóstolo para com ele dialogar. Na verdade, desejava extorquir dos seguidores do réu significativa quantia em dinheiro para libertá-lo. Contudo, o médium era sempre alertado pelos Espíritos do Senhor quanto às intenções da corrupta autoridade, e durante nova entrevista:

> Como Paulo se pusesse a discorrer sobre a justiça, a continência e o julgamento futuro, Félix ficou amedrontado e interrompeu: "Por agora, retira-te. Quando tiver mais tempo, mandarei chamar-te". [...] Passados dois anos, Félix teve

como sucessor Pórcio Festo. Entretanto, querendo agradar aos judeus, Félix mantivera Paulo encarcerado. (At 25-26).

O veneno do radicalismo religioso permanecia vivo no coração daqueles homens de Israel. Sucedido o corrupto Félix pelo novo governador Festo, ao subir este de Cesareia para Jerusalém foi imediatamente assediado pelos chefes dos sacerdotes e por outros notáveis religiosos, os quais, reafirmando a acusação contra Paulo de Tarso, requereram sua remoção para a prisão do Templo. Na verdade, mais uma vez tencionavam emboscá-lo de morte durante a sua transferência. Porém, inspirado pelos Espíritos do Senhor, que igualmente atuavam em defesa do apóstolo, o novo governador manteve em Cesareia a competência do foro para julgamento, completando:

Aqueles dentre vós que detêm o poder desçam comigo. E, se há algo de irregular nesse homem, apresentem acusação contra ele. Tendo, pois, passado entre eles não mais de oito ou dez dias, desceu à Cesareia. No dia seguinte, sentando-se no tribunal, mandou trazer Paulo. Quando este compareceu, os judeus que haviam descido de Jerusalém o rodearam, aduzindo muitas e graves acusações, as quais, porém, não podiam provar. Paulo, defendendo-se, dizia: "Não cometi falta alguma contra a Lei dos judeus, nem contra o Templo, nem contra César". Então, Festo, querendo agradar aos judeus, dirigiu-se a Paulo: "Queres subir a Jerusalém, para lá, em minha presença, seres julgado a respeito destas coisas?". Paulo, porém, replicou: "Estou perante o tribunal de César, e é aqui que devo ser julgado. Nenhum crime pratiquei contra os judeus, como tu perfeitamente reconheces. Mas, se de fato cometi injustiça, ou pratiquei algo que mereça a morte, não recuso morrer. Se, ao contrário, não há nada daquilo de que me acusam, ninguém pode entregar-me a eles. Apelo para César!". Então, Festo, depois de ter conferenciado com o seu conselho, respondeu: "Para César apelaste, a César irás!" (At 25,5-12).

Estava, pois, completado o projeto de Jesus de levar a sua Boa Nova até o coração do Império Romano. Valendo-se da previsão constante da *Lex Valeria,* como cidadão de César, o doutor da Lei evocou o seu direito ao secular instituto da *Provocatio ad imperium,* confirmada pela *Lex lulia de vi publica,* que lhe garantia um julgamento extraordinário por última instância a ser proferido diretamente pelo imperador. Assim, pelo escândalo da corrupção e a fraqueza moral dos governadores romanos, o Evangelho de Jesus seria levado por Paulo de Tarso diretamente ao centro vital do Império dos Césares.

Antes disso, porém, havia mais trabalho em nome do Cristo a ser realizado pelo apóstolo ali mesmo, em Cesareia, pois Herodes Agripa II, rei da Judeia, que conservava um palácio de verão naquela cidade, foi, com sua irmã Berenice e com toda a sua corte, dar as boas-vindas ao novo governador Pórcio Festo. Porque se demoraram alguns dias naquela pérola do Mediterrâneo, o novo preposto de Roma expôs ao rei o caso de Paulo, explicando tratar-se de um judeu romano que interpusera um recurso extraordinário ao próprio imperador. Ante a curiosidade do caso, Agripa disse a Festo:

'– Eu também quisera ouvir esse homem.' E Festo: 'Amanhã o ouvirás'. (At 25,22). De fato, no dia seguinte, Agripa e Berenice vieram com grande pompa e foram à sala de audiências, junto aos tribunos e às personalidades importantes da cidade. A uma ordem de Festo, trouxeram Paulo. Festo disse, então: '–Rei Agripa, e vós todos conosco aqui presentes, estais vendo este homem, por causa do qual toda a comunidade dos judeus recorreu a mim tanto em Jerusalém como aqui, clamando que ele não deve continuar a viver. Eu, porém, averiguei que nada fez que mereça a morte. Contudo, como ele mesmo apelou para o Imperador Augusto, decidi enviá-lo. Acontece que nada tenho de concreto, sobre ele, para escrever ao Senhor. Por isso, faço-o comparecer diante de vós, sobretudo diante de ti, rei Agripa, a fim de que, feita a arguição, eu tenha o que escrever. Pois me parece absurdo enviar um detido sem também notificar as acusações movidas contra ele.' (At 25,22-27).

Nestas aparentes casualidades em que um estudioso laico vê apenas uma vã e divertida curiosidade da família real dos hebreus, um profundo conhecedor da perfeita interação que há entre os Espíritos desencarnados e a humanidade enxerga a oportunidade de ouro criada por Jesus para que o apóstolo, finalmente, conseguisse apresentar a Filosofia do Cristo ressuscitado perante as maiores autoridades do judaísmo. Por isso, de acordo com Lucas:

Dirigindo-se a Paulo, disse Agripa: "Tens permissão de falar em teu favor". Então, estendendo a mão, começou Paulo a sua defesa:

Considero-me feliz, ó rei Agripa, por poder hoje, diante de ti, defender-me de todas as coisas de que pelos judeus sou acusado. Tanto mais porque estás ao corrente de todos os costumes e controvérsias dos judeus, razão também pela qual te peço que me escutes com paciência.

O que foi o meu modo de viver, desde a mocidade, como transcorreu desde o início, no meio do meu povo e em Jerusalém, sabem-no todos os judeus. Eles me conhecem de longa data e podem atestar, se quiserem, que tenho vivido segundo a seita mais severa de nossa religião, como fariseu.

E, agora, estou sendo aqui julgado por causa da esperança na promessa feita por Deus aos nossos pais, à qual esperam chegar as nossas doze tribos, que servem a Deus noite e dia, com todo ardor. É por causa dessa esperança, ó rei, que pelos judeus sou acusado. Entretanto, por que se julga incrível, entre vós, que Deus ressuscite os mortos?

Aproveitando-se do conhecimento religioso do rei dos Hebreus, Paulo prestou inequívoco testemunho da ressurreição de Jesus, uma crença que, até então, figurara apenas como uma esperança entre os judeus, uma vez nunca ter sido realizada na frente de centenas de testemunhas encarnadas por algum outro profeta da raça. Com o escândalo desse injustificado julgamento, a realidade do Espírito humano seria agora apresentada perante ilustres representantes de dois reinos, o de Israel e o Império de Roma. Era chegado, finalmente, o momento de o apóstolo falar com liberdade depois de três décadas de repressão, revelando a Verdade do Espírito imortal. E ele falou:

Quanto a mim, parecia-me necessário fazer muitas coisas contra o nome de Jesus, o Nazireu. Foi o que fiz em Jerusalém: a muitos dentre os santos eu mesmo encerrei nas prisões, recebida a autorização dos chefes dos sacerdotes; e, quando eram mortos, eu contribuía com o meu voto. Muitas vezes, percorrendo todas as sinagogas, por meio de torturas quis forçá-los a blasfemar; e, no excesso do meu furor, cheguei a persegui-los até em cidades estrangeiras. (At 26,9-11).

Nenhum testemunho pode ser mais crível do que aquele prestado por alguém que, tendo se alinhado em uma frente de batalha, ao se convencer do seu erro, abandonou sua trincheira e tomou para si a defesa do seu antigo inimigo. Paulo de Tarso era um Espírito culto e instruído na elevada filosofia helenista e na religião judaica e, tendo descoberto a Verdade, agora testificava Jesus ressuscitado. A sua conversão era, portanto, inédita na história dos povos e deu-se quando sua autoridade era inconteste e ele se encontrava no auge de sua capacidade física e intelectual. Por isso, ele podia falar ao Rei Agripa e ao Governador Festo:

Com esse intuito encaminhei-me a Damasco, com a autoridade e a permissão dos chefes dos sacerdotes. No caminho, pelo meio-dia, eu vi, ó rei, vinda do céu e mais brilhante que o sol, uma luz que circundou a mim e aos que me acompanhavam. Caímos todos por terra, e ouvi uma voz que me falava em língua hebraica: "Saul, Saul, por que me persegues?

É duro para ti recalcitrar contra o aguilhão". Perguntei: "Quem és, Senhor?". E o Senhor respondeu: "Eu sou Jesus, a quem tu persegues. Mas levanta-te e fica firme em pé, pois este é o motivo por que te apareci: para constituir-te servo e testemunha da visão na qual me viste e daquelas nas quais ainda te aparecerei. *Eu te livrarei do povo e das nações gentias, às quais te envio para lhes abrires os olhos* e assim se converterem *das trevas à luz*". (At 26,12-18).

Com esse discurso, Paulo anunciou a missão a ele atribuída pelo Espírito Jesus, atestando também sua plena confiança na garantia que o Mestre lhe prestou de acompanhar de perto o seu trabalho, o que, de fato, cumpria, ao orientá-lo por meio das constantes comunicações mediúnicas que com ele estabelecia havia quase trinta anos:

Quanto a mim, rei Agripa, não me mostrei rebelde à visão celeste. Ao contrário, primeiro aos habitantes de Damasco, aos de Jerusalém e em toda a região da Judeia, e depois aos gentios, anunciei o arrependimento e a conversão a Deus, com a prática de obras dignas desse arrependimento. É por causa disso que os judeus, tendo-se apoderado de mim no Templo, tentaram matar-me. Tendo alcançado, porém, o auxílio que vem de Deus, até o presente dia continuo a dar o meu testemunho diante de pequenos e de grandes, nada mais dizendo senão o que os Profetas e Moisés disseram o que havia de acontecer: que o Cristo devia sofrer e que, sendo o primeiro a ressuscitar dentre os mortos, anunciaria a luz ao povo e aos gentios. (At 26,19-23).

Aquele ilustre prisioneiro atestava, assim, corajosamente, perante a nobreza judaica e a autoridade romana a conquista do auxílio que vem de Deus, para continuar conclamando os povos ao arrependimento e à conversão, porque o seu anúncio sempre foi sustentado por inquestionáveis e coerentes obras. Assim, o apóstolo mostrava que, mais do que sua intocável retórica, os seus atos e a sua sincera modificação do estilo de vida, e dos próprios sentimentos, justificavam a sua tarefa como pregador.

Ao esclarecer que o seu trabalho para o Cristo assentava, principalmente, sobre a realidade da ressurreição, testemunhada junto do Espírito Jesus quando era um rabino e magistrado do Sinédrio em franco crescimento social e financeiro, a reação daqueles privilegiados ouvintes foi imediata:

> Dizendo ele estas coisas em sua defesa, Festo o interrompeu em alta voz: "Estás louco, Paulo: teu enorme saber te levou à loucura". Paulo, porém, retrucou: "Não estou louco, excelentíssimo Festo, mas são palavras de verdade e de bom senso que profiro. Pois destas coisas tem conhecimento o rei, ao qual me dirijo com toda a audácia, persuadido de que nada disto lhe é estranho. Aliás, não foi num recanto remoto que isto aconteceu. Crês nos profetas, rei Agripa? Eu sei que tu crês. Agripa, então, retorquiu a Paulo: "Ainda um pouco e, por teus raciocínios, fazes de mim um cristão!". E Paulo: "Eu pediria a Deus que, por pouco ou por muito, não só tu, mas todos os que me escutam hoje, vos tornásseis tais como eu sou, com exceção dessas correntes." (At 26,24-29).

A astúcia do ilustrado doutor da Lei foi tamanha que, profundamente conhecedor das tradições judaicas, sabia que o rei Agripa, como chefe da

Nação dos Hebreus, teria necessariamente que conhecer a Lei de Moisés e os Livros Proféticos, pelos quais a promessa da ressurreição fora transmitida por Deus ao povo de Israel. Por isso, argutamente, Paulo convocou, em sua defesa, o testemunho daquele monarca, uma vez que este não poderia jamais dizer tratar-se de um delírio do pregador o seu testemunho de estar convivendo há trinta anos com Jesus ressurgido de entre os mortos, pois esse era um dos princípios fundamentais da fé dos judeus fariseus.

O sucesso do doutor da Lei foi tamanho, que ele se deu o direito de, apesar de humilhado pelos grilhões que prendiam os seus pés, demonstrando a sua mais absoluta lucidez e tirocínio, elaborar uma resposta bem-humorada ao comentário do rei Agripa, que se confessava impressionado com a palavra daquele esfarrapado doutor da Lei. Paulo de Tarso mostrou, então, que, apesar de ser o único ali acorrentado, era também o Espírito mais livre entre todos eles, pois, ao testemunhar que Jesus vencera a morte, ele conheceu a verdadeira liberdade para a qual Cristo nos libertou.

Diante de tais incontestes argumentos, nada mais restava àquelas autoridades senão, reconhecendo a justeza da posição e dos atos praticados por aquele apóstolo, lamentarem:

Levantou-se o rei, assim como o governador, Berenice, e os que estavam sentados com eles. Ao se retirarem, falavam entre si: "Um homem como este nada pode ter feito que mereça a morte ou a prisão". E Agripa concluiu, dizendo a Festo: "Este homem bem poderia ser solto, se não tivesse apelado para César." (At 26,30-32).

Desde que a humanidade garantiu, pela primeira vez, por meio de uma legislação escrita, o inalienável direito à liberdade, tal como fizera Hammurabi, rei da Babilônia, no século XVIII a.C., com o seu Código inscrito no granito, esse direito fundamental vem sendo defendido por todas as Constituições Nacionais, uma vez que, sem o seu exercício com plenitude, nenhum ser humano pode ser considerado racional, conforme o iluminista pensamento do filósofo Immanuel Kant.

Paulo de Tarso foi o primeiro jurista a evidenciar, tanto com a sua palavra quanto pela dignidade do seu agir, que a liberdade do Espírito infinito é muito maior do que a mera autonomia da vontade na prática dos seus atos existenciais enquanto Ser no mundo. Coerente com os ensinamentos prestados aos gentios, mesmo injustamente humilhado pelos ferros que prendiam os seus pés diante daquelas autoridades, o apóstolo em nenhum momento blasfemou sua condição nem maldisse os seus algozes.

A sua última fala demonstrava a tranquilidade de Alma e o bom humor que a esperança proporcionou àquele que constatara o fim da morte pela evidência da ressurreição. Por isso, apesar de encarcerado, ele bendizia aquelas correntes que, ao serem presas aos seus pés, livravam-no das forças do mundo e lhe permitiram entregar-se voluntariamente ao jugo leve e suave do Cristo e ao testemunho da Verdade, que o libertara plenamente.

Episódio 14

"A CONQUISTA DO REINO"

De Cesareia a Malta

VALENDO-SE, EM sua defesa, do recurso da *Provocatio ad imperium,* previsto na antiga *Lex Valerio,* na qualidade de cidadão romano, Paulo de Tarso adquiriu o direito a um julgamento extraordinário por parte do imperador. Assim, ele aguardaria, em Cesareia, o momento de cruzar o Mediterrâneo para levar a Boa Nova do Cristo até Roma, a Cidade Eterna. A chegada de uma nova embarcação não tardou, e com ela o momento de separar-se daqueles irmãos que tantas alegrias lhe proporcionaram, quando ali descansava de suas constantes viagens antes de lançar-se no último trecho do caminho que o conduzia até Jerusalém. Partiria de Cesareia em dois dias, em um navio que seguiria para Adramítio, onde tomariam outra nave em direção à Itália.

Aquelas últimas horas do apóstolo em terras palestinas seriam de doces lembranças e de suaves rememorações dos momentos vividos em comunhão com os irmãos em Cristo. Paulo confortava os mais entristecidos com sua palavra sempre estimulante e com o exemplo de resignação ante a vontade soberana do Pai. Espargindo sobre aqueles corações o seu último canto de amor em nome de Jesus, ele sabia que precisava alcançar ligeiro até mesmo aquelas Almas perdidas pela ilusão dos gozos mundanos. Por isso, o apóstolo precisava ir a Roma, e a todos confortava com o seu inabalável otimismo, fruto do testemunho da ressurreição.

Na hora determinada pelas autoridades, o já agora envelhecido discípulo, adoecido pela tortura daquele injusto e prolongado encarceramento, seguiu caminhando com dificuldade, apoiado no braço de Lucas, que, desde aquele providencial reencontro em Troia, nunca mais o deixou como amigo e médico, recebendo efusivos abraços dos irmãos. Em virtude da sua condição de cidadão romano, e como fruto da simpatia conquistada por aquele sábio homem, o centurião determinou que ele fosse conduzido do cárcere até o cais sem as pesadas cadeias que sempre maltratavam os seus já judiados pés.

Defronte ao porto de Cesareia, adornando aquele horizonte sem-fim de águas azul-esverdeadas, abria-se uma enorme praça, cujas tamareiras compunham um infinito de belezas, e sob cujas folhas seculares desciam sombras reconfortantes, que envolviam os mais velhos na brisa forte que vinha daquele Mar Mediterrâneo. Era já o mês de setembro, e soprava o equinócio denunciando a chegada do outono europeu. Embora ainda aberto à navegação, aquele oceano de um azul profundo já apresentava enormes desafios para os navegantes menos experientes, tornando aquela travessia um tanto perigosa.

Ao alcançar com dificuldades aquele espaço ajardinado à beira-mar, os dois apóstolos encontraram-na ainda mais enfeitada pelos corações amigos em Cristo. Jovens, crianças e velhinhos, todos de olhos já banhados pela emoção daquela despedida, proporcionaram ao ilustre cidadão do Cristo gozar em vida a felicidade do amor fraternal deixado por Jesus, levado até eles com a sua dura experiência, e que agora também gozava na sua verdadeira origem divina. Abraços infindos, comovidas palavras de gratidão e de estímulo da parte do experiente pregador, encontravam sinceras súplicas de breve retorno, fortalecendo, sobremaneira, os votos de sucesso naquela inusitada e difícil missão de expor a Boa Nova do Cristo perante o Augusto Imperador, coroando a magna tarefa sob seu cargo.

As crianças, graciosamente acomodadas nas areias, lançavam flores aos seus pés e agarravam-se às suas cansadas pernas, enquanto os mais velhos, depondo as mãos em seus ombros, tantas vezes torturados por iníquos açoites, lamentavam a perda de suas reconfortantes e consoladoras preleções, que lhes aplicavam o bálsamo da fé no Espírito infinito, amainando as angústias suportadas por tanta injustiça no mundo.

A notícia da partida do apóstolo correu ligeira, e de todas as cidades para lá se encaminharam os irmãos empenhados em dedicar-lhe o seu preito de infinita gratidão. Um entristecido, porém apaziguado ancião, com suas cãs alvejadas pelas duras lutas da existência apostolar se destacava entre todos. Era Tiago Menor, o irmão de Jesus, ex-adversário e agora líder máximo do Povo do Caminho em Jerusalém, que, demonstrando ter superado de vez as antigas diferenças e vencendo os desafios da sua idade ainda mais avançada que a de Paulo, marcaria com o selo da reconciliação aquele inolvidável momento da história cristã, oferecendo ao outrora rejeitado Apóstolo dos Gentios o seu amor fraternal, manifestando infinita gratidão pelo trabalho prestado em nome do Senhor.

Os antigos passos de conquistador, agora já lentos, eram adornados pelas flores que igualmente lhe atiravam aos pés aquelas inconsoladas mulheres, mães, filhas e avós, agradecidas pelas curas e o conforto espiritual recebido nos momentos de amargura, em que choravam as dores dos seus filhos queridos, espalhando, naquela brisa, o seu perfume de sincero reconhecimento, criando uma atmosfera de inusitado júbilo. Humildemente, Paulo recebia aqueles afetos apenas como penhor da sua vitória perante si mesmo, na conquista do céu interior e na qualidade de fiel servidor do Cristo.

Ao se aproximar da embarcação, voltando o olhar para uma última contemplação daquela praia e da multidão envolvida pelo amor fraternal que ele sempre carregou consigo, o guerreiro do Senhor não mais conteve a represa de lágrimas que os anos de vida apostolar acumularam, ao não lhe permitir um minuto sequer de descanso para os seus olhos cansados e ressequidos pelo sol escaldante de tantos desertos. Uma torrente da Alma banhou seu rosto marcado, quando um grito de lamento se fez ouvir em meio a tantas alvíssaras: "Quem nos ensinará doravante, a sermos filhos do Altíssimo?" (EMMANUEL, *Paulo e Estêvão*). Enlevado, Paulo chorou terna e copiosamente, como nova criatura.

Impressionado com o inédito e comovente espetáculo de amor cristão que os seus olhos testemunhavam, lamentando a obrigação de ter que prosseguir no cumprimento do seu dever, o centurião conclamou a todos que liberassem o apóstolo, conduzindo-o respeitosamente e com todo cuidado para dentro da embarcação, como se lhe houvessem atribuído a responsabilidade de portar um tesouro celeste que ele desconhecia, mas que zelosamente levaria até à sua gente em Roma. Paulo de Tarso era agora o valioso e frágil vaso escolhido pelo Cristo, carregando no seu íntimo as benesses da Boa Nova do Senhor e revelando, nos seus olhos marejados, o selo do Salvador.

Do convés, o apóstolo mirava a cicatriz deixada pelo barco naquelas águas azuis que tantos desafios lhe proporcionaram, abençoando a natureza marítima que lhe permitira levar a Semente do Cristo ao Chipre, à Macedônia e à Grécia. Contemplando enlevado os últimos raios de sol, que agora se revelava um amigo fiel e agradecido, por todo o tempo em que aquele peregrino lhe fizera companhia enquanto cruzavam desertos isolados, Paulo recebeu do astro-rei um terno carinho naquele rosto sulcado pelo tempo, enxugando nos seus reconfortantes raios as suas entristecidas lágrimas. Nesse momento, ele experimentava a verdade da frase que registrara na Carta aos Gálatas: "Doravante ninguém mais me moleste. Pois eu trago em meu corpo as marcas do Cristo". (Gl 6.17).

Na cidade de Adramítio, os viajantes embarcaram em outro navio, carregado de grãos, oriundo de Alexandria, e partiram. Decorridos vários dias da grande viagem, tendo mudado a estação do ano, o vento soprou mais forte, obrigando os navegantes a costear, com dificuldades, a ilha de Creta, alcançando um lugar conhecido como Bons Portos.

De acordo com Lucas:

> Tendo transcorrido muito tempo, a navegação já se tornava perigosa, também porque já tinha passado a Festa da Expiação. Paulo, então, tentou adverti-los: "Amigos, vejo que a viagem está em vias de consumar-se com muito dano e prejuízo, não só da carga e do navio, mas também de nossas vidas". O centurião, porém, deu mais crédito ao piloto e ao armador do que ao que Paulo dizia. O porto, aliás, não era próprio para se invernar. A maioria, pois, foi de opinião que se devia zarpar dali, para ver se poderiam chegar a Fênix. Este é um porto de Creta, ao abrigo dos ventos sudoeste e noroeste. Ali poderiam passar o inverno. (At 27,9-12).

A premonição é um aviso recebido pela Alma por meio de uma comunicação prestada por seu

Anjo da Guarda, o Espírito Protetor designado por Deus para a orientação de toda criatura no mundo. Paulo de Tarso encontrava-se no apogeu da sua missão apostolar a serviço do Espírito Jesus, o seu Orientador naquela divina tarefa. Médium tornado experiente junto do Senhor, ele teve uma completa precognição de que as alterações climáticas naquela região provocavam a formação de enorme tempestade, cujo enfrentamento em alto-mar o apóstolo tentou evitar, sugerindo aportassem naquela famosa ilha. A incredulidade, porém, falou mais forte naqueles ouvidos ainda completamente obstruídos para as coisas do Espírito, e as autoridades navais recusaram sua sugestão.

Assim, narrou o médico marinheiro mais essa epopeia do apóstolo:

> Tendo soprado brandamente o vento sul, pensaram ter alcançado o que pretendiam: levantaram âncora e puseram-se a costear Creta mais de perto. Não muito depois, desencadeou-se do lado da ilha um vento em turbilhão, chamado Euroaquilão. O navio foi arrastado violentamente, incapaz de resistir ao vento: deixamo-nos, então, derivar. Passando rente a uma ilhota, chamada Cauda,

com dificuldades conseguimos recolher o escaler. Após tê-lo içado, os tripulantes usaram de recursos de emergência, cingindo o navio com cabos. Contudo, temendo encalhar na Sirte, soltaram a âncora flutuante, e assim deixaram derivar. No dia seguinte, como fôssemos furiosamente batidos pela tempestade, começaram a alijar a carga. No terceiro dia, com as próprias mãos, lançaram ao mar até os apetrechos do navio. Nem sol nem estrelas haviam aparecido por vários dias, e a tempestade mantinha sua violência não pequena: afinal, dissipava-se toda a esperança de nos salvarmos. (At 27,13-20).

Afeitos ainda ao conhecimento oriundo apenas das experiências sensoriais, são imensas as dificuldades dos seres humanos para aceitarem o saber advindo por meio do sexto sentido, na forma das premonições espirituais, embora sejam elas tão abundantes no cotidiano existencial de todas as criaturas. Não há uma só pessoa que não as tenha experimentado, não obstante a maioria disso não tenha consciência, além de desconhecerem a sua fonte na Alma e os mecanismos pelos quais elas se processam. Paulo de Tarso, apesar de rejeitado na sua primeira tentativa de advertir aqueles descrentes navegadores, diante do desespero em que mergulharam ao se virem no olho de um furacão sobre os abismos do mar, insiste em lhes prestar novo socorro, conforme o diário de Lucas:

> Havia muito tempo que não tomávamos alimento. Então, Paulo, de pé, no meio deles, assim falou: "Amigos, teria sido melhor terem-me escutado e não sair de Creta, para sermos poupados deste perigo e prejuízo. Apesar de tudo, porém, exorto-vos a que tenhais ânimo: não haverá perda de vida alguma dentre vós, a não ser a perda do navio. Pois esta noite apareceu-me um anjo do Deus ao qual pertenço e a quem adoro, o qual me disse: "Não temas, Paulo. Tu deves comparecer perante César, e Deus te concede a vida de todos os que navegam contigo. Por isso, reanimai-vos, amigos! Confio em Deus que as coisas ocorrerão segundo me foi dito. É preciso, porém, que sejamos arremessados a uma ilha". (At 27,21-26).

Assim, em nova comunicação mediúnica, Paulo de Tarso recebeu boas notícias sobre o desfecho daquele sinistro, com a garantia de preservação de todas as vidas a bordo, pois Deus lhas havia confiado, e a fim de que aqueles homens tivessem o estímulo necessário para as providências a seus cargos. Mágoa alguma se viu nas suas falas, nenhum ressentimento mostrou o apóstolo pela zombaria anteriormente suportada da parte daqueles rudes marinheiros. Só a partilha fraternal da visita, por ele recebida, de um Espírito do Senhor a lhes transmitir consolo e esperança, como deveria agir todo médium cristão. Dessa vez, creram nele, pois o medo da morte faz emergir na Alma a fé que se ignora.

Quando chegou a décima quarta noite, continuando a sermos batidos de um lado para outro no Adriático, pela meia-noite os marinheiros perceberam que se aproximava alguma terra. Lançaram, então, a sonda e deu vinte braças; avançando mais um pouco, lançaram novamente a sonda e deu quinze braças. Receosos de que fôssemos dar em escolhos, soltaram da popa quatro âncoras, anelando por que rompesse o dia. Entretanto, os marinheiros tentaram fugir do navio: desceram, pois, o escaler ao mar, a pretexto de irem largar as âncoras da proa. Mas Paulo disse ao centurião e aos soldados: "Se eles não permanecerem a bordo, não podereis salvar-vos!". Então os soldados cortaram as cordas do escaler e deixaram-no cair. (At 27,27-32).

O apóstolo, tendo conquistado a confiança daqueles homens, tomou o leme da crise e a todos orientava, soldados rasos e oficiais, capitão e marinheiros, carcereiros e prisioneiros, todos submetidos às ordens daquele enviado de Deus para a sua salvação, conforme a narrativa do médico cristão a bordo:

> À espera de que o dia raiasse, Paulo insistia com todos para que tomassem alimento. E dizia: "Hoje é o décimo quarto dia em que, na expectativa, ficais em jejum, sem nada comer. Por isso, peço que vos alimenteis, pois é necessário para a vossa saúde. Ora, não se perderá um só cabelo da cabeça de nenhum de vós!". Tendo dito isto, tomou o pão, deu graças a Deus diante de todos, partiu-o e pôs-se a comer. Então, reanimando-se todos, também eles tomaram alimento. Éramos no navio, ao todo, duzentas e setenta e seis pessoas. Tendo-se alimentado fartamente, puseram-se a aliviar o navio, atirando o trigo ao mar. (At 27,33-38).

Essa é a postura de um verdadeiro pai espiritual: velar pela segurança e a saúde dos filhos que Deus lhe concedeu. Apesar da ingratidão inicial com que fora tratado, ciente de sua responsabilidade perante o verdadeiro Criador, aquele Soldado do Cristo não desistiu dos rebentos que lhe foram confiados, conseguindo resgatar neles a esperança de salvarem-se e a vontade para reagirem àquela tormenta. Revelando-lhes o Jesus Salvador e a Sua lição de partilha do pão, com humildade e paciência, ministrou-lhes, no momento preciso, tanto o alimento para o corpo quanto o alívio para suas angustiadas Almas.

Quando amanheceu, os tripulantes não reconheceram a terra. Divisando, porém, uma enseada com uma praia, consultaram entre si, a ver se poderiam impelir o navio para lá. Desprenderam então as âncoras, entregando o navio ao movimento do mar. Ao mesmo tempo, soltaram as amarras dos lemes e, içando ao vento a vela da proa, dirigiram o navio para a praia. Mas, tendo-se embatido num banco de areia, entre duas correntes de água, o navio encalhou. A proa, encravada, ficou imóvel, enquanto a popa começou a desconjuntar-se pela violência das ondas.

Veio, então, aos soldados o pensamento de matar os prisioneiros, para evitar que algum deles, a nado, escapasse. Mas o centurião, querendo preservar Paulo, opôs-se a este desígnio. E mandou, aos que sabiam nadar, que saltassem primeiro e alcançassem terra. Quanto aos outros, que os seguissem agarrados a pranchas, ou sobre quaisquer destroços do navio. Foi assim que todos chegaram, sãos e salvos, em terra. (At 27,39-44).

A bondade de Paulo de Tarso, testemunhada pelo centurião em Cesareia, tanto no encontro do aprisionado discípulo do Senhor com a nobreza judia e romana quanto na simplicidade daquela faixa de areia junto dos irmãos palestinos, salvou as centenas de vidas desses embrutecidos homens, que o Senhor agora lhe depositara às mãos no meio da tormenta em alto-mar. Essa sua fidelidade incondicional aos desígnios do Pai foi, mais uma vez, importante para lhe salvar a existência logo após o trágico desembarque, conforme se extrai da narrativa de Lucas:

Estando já a salvo, soubemos que a ilha se chamava Malta. Os nativos trataram-nos com extraordinária humanidade, acolhendo a todos nós junto a uma fogueira que tinham acendido. Isto, por causa da chuva que caía, e do frio. Tendo Paulo ajuntado uma braçada de gravetos e atirando-os à fogueira, uma víbora, fugindo ao calor, prendeu-se à sua mão. Quando os nativos viram o animal pendente de sua mão, disseram uns aos outros: "Certamente este homem é um assassino; pois acaba de escapar do mar, mas a vingança divina não o deixa viver". Ele, porém, sacudindo o animal ao fogo, não sofreu mal algum. Quanto a eles, esperavam que Paulo viesse a inchar, ou caísse morto de repente. Mas, depois de muito esperar, ao verem que não lhe acontecia nada de anormal, mudando de parecer, puseram-se a dizer que ele era um deus. (At 28,1-6).

Esses fenômenos espirituais realizados por Paulo de Tarso, tanto a premonição recebida mediunicamente do Espírito Jesus no olho da tormenta quanto, especialmente, a autoimunização contra o veneno da víbora que o atacou, tão logo desembarcaram desesperados na ilha de Malta, são feitos que, contrariamente ao imaginário daquela população nativa, não são atributos de inexistentes deuses, mas, como demonstrou aquele experiente apóstolo, capacidades inerentes a todos os homens de fé que, mediante postura moral adequada, conquistaram um mandato mediúnico de um Espírito elevado, como era o caso de Paulo de Tarso junto a Jesus.

Se o apóstolo não era ainda capaz de acalmar um furacão, como fizera o seu Mestre ao amainar a tempestade que ameaçava soçobrar o barco de Simão Pedro com Seus discípulos no Mar da Galileia, a confiança no Espírito do Senhor e na sua faculdade mediúnica proporcionou ao apóstolo e aos seus felizardos companheiros de viagem a disciplina e a esperança fundamentais à salvaguarda da vida das 276 pessoas a bordo.

Quanto ao veneno da víbora, orientado pelo Espírito Jesus e orando com fervor à beira do fogo, ambos, médium e Espírito, impediram a circulação das toxinas pelo seu organismo, mediante ação positiva da vontade sobre o sistema sanguíneo, permitindo ao Senhor a quebra das moléculas tóxicas, tornando-as inofensivas. Esta era uma operação muito simples para um Espírito da elevação de Jesus, que poucas décadas antes, sob a luz do sol num dia claro naquela incrédula Jerusalém, constituíra, a partir da saliva e do barro, todo o sistema visual num cego de nascença, facultando-lhe enxergar pela primeira vez após anos de humilhação em mendicância.

Após se livrar do veneno da serpente sem sofrer qualquer dano físico, Paulo seria reconhecido como um médium de cura por toda a população da ilha de Malta, relatando Lucas os fatos que se sucederam:

> Nas vizinhanças daquele local estava a propriedade do Primeiro da ilha, chamado Públio. Este nos recebeu e nos hospedou benignamente durante três dias. Acontece que o pai de Públio estava acamado, ardendo em febre e com disenteria. Paulo foi vê-lo, orou e impôs-lhe as mãos, e o curou. Diante disso, também os outros doentes que se encontravam na ilha vieram ter com Paulo e foram curados. Cumularam-nos, então, com muitos sinais de estima; e, quando estávamos para partir, levaram a bordo tudo o que nos era necessário. (At 28,7-10).

Desde aquela primeira lição sobre cura mediúnica, recebida por Saulo de Tarso diretamente do Senhor naquela Estrada de Damasco, quando o Mestre lhe retirou a visão física para a restituir por meio de outro médium cristão, o fiel ancião Ananias, nas dependências não do suntuoso Templo de Jerusalém ou de uma rica sinagoga da Síria, mas de uma singela hospedaria, onde o ex-rabino jazia abatido sob profunda depressão, até esta mais recente experiência de neutralização do veneno da serpente, o Espírito Jesus preparava Paulo de Tarso para realizar, em seu nome, os grandiosos feitos que, mais do que incrédulos olhos, conquistaram Almas para o Cristo.

O mundo contemporâneo, com as suas ainda incipientes psicologias, insiste em ignorar a Ciência Espírita e perde grandiosa oportunidade de conhecer a natureza essencial do ser humano. Desprezando a informação de que toda pessoa é um Espírito imortal que navega pelo mundo, encarnação após encarnação, adquirindo conhecimentos novos e utilizando outros inatos, extraídos da sua memória de pretéritas existências reencarnados, ignoram os cientistas contemporâneos a explicação desses extraordinários fenômenos, ainda equivocadamente confundidos com milagres, mas que, na realidade, resultam do exercício das mais elevadas capacidades do Espírito imortal.

Toda a experiência de Paulo de Tarso, obtida em três décadas de convívio junto do Cristo ressuscitado, foi para que ele alcançasse o mais elevado domínio sobre si mesmo, tanto como Espírito como sobre o seu próprio corpo. E isso ele realizou tanto meditando sob preces na solitude do seu refúgio peregrino no alto do seu amado Tauro quanto na solidão dos frios e úmidos cárceres, onde curou, por diversas vezes, apenas com a ajuda dos Espíritos do Senhor, o seu dorso flagelado até à carne viva.

Tudo isso lhe foi propiciado como uma divina pedagogia para que modificasse os seus mais profundos sentimentos, vencendo, definitivamente, o receio da morte, de tal modo a conseguir assemelhar-se àquele Espírito Jesus, que o aguardava pacientemente e que, finalmente, poderia guiá-lo na sua última e mais desafiadora batalha, a conquista plena de si em Roma, e de todo o Império do César para o Cristo, alcançando, por fim, o Reino de Deus na própria Consciência.

EPISÓDIO 15

"NOS BRAÇOS DO SENHOR"

Inspirado pelo Espírito
Heráclito de Éfesus

Roma

EM TODA A trajetória apostolar de Paulo de Tarso, nenhum evento ocorreu de forma aleatória ou fortuita. Apesar de agir sempre mediante liberdade do arbítrio, os principais fatos por ele vividos foram etapas de um projeto divino cuja execução era coordenada diretamente pelo Espírito responsável pela afirmação da Boa Nova no mundo, Jesus, o Espírito da Verdade.

Como um dos principais envolvidos nesse projeto, o Apóstolo das Gentes não fazia nada para si mesmo, pois, como ele reconhecia, cumpria apenas a missão de testemunhar a ressurreição, realidade espiritual que o Cristo lhe mostrou durante três décadas desde aquele primeiro encontro na Estrada de Damasco, o que fez seguindo precisamente o roteiro estabelecido que o preparava para enfrentar o supremo desafio de levar o Evangelho até Roma e de conquistar esse Império, e daí ganhar o mundo.

Desde a sua última prisão em Jerusalém, quando revelou ao centurião a sua cidadania romana, o sábio discípulo, assim como conquistava, paulatinamente, a simpatia dos soldados do César, também plantava nessa população a boa semente colhida junto do Mestre. Na sua primeira missão no Chipre, ao lado de Barnabé e de Marcos, após curar o governador Sérgio Paulo, e inspirado na assunção da fé cristã pelo representante do César, Saulo passou a usar o seu nome romano, Paulo. No naufrágio do navio que os conduzia à Capital do Império, salvou a vida de dezenas de soldados, conquistando também os cidadãos da Ilha de Malta ao reanimar a saúde do pai de um notável patrício.

Assim fortalecida a fé do apóstolo, de acordo com Lucas, seguiram para a Cidade Eterna:

Ao fim de três meses, embarcamos num navio que havia passado o inverno na ilha; era de Alexandria e tinha como insígnia os Dióscuros. Tendo aportado em Siracusa, aí ficamos três dias. De lá, seguindo a costa, chegamos a Régio. No dia seguinte, soprou o vento do Sul, e em dois dias chegamos a Putéoli. Encontrando ali alguns irmãos, tivemos o consolo de ficar com eles sete dias. E assim foi que chegamos a Roma. Os irmãos desta cidade, tendo ouvido falar a nosso respeito, vieram ao nosso encontro até o Foro de Ápio e Três Tabernas. Ao vê-los, Paulo deu graças a Deus e sentiu-se encorajado. Depois de chegarmos a Roma, foi permitido a Paulo morar em casa particular, com o soldado que o vigiava. (At 28,11-16).

A humildade sempre demonstrada pelo apóstolo, não obstante sua cidadania romana e sua autoridade como doutor da Lei Imperial, homem ainda mais ilustrado por seu evidenciado saber filosófico e religioso, ganhara aqueles homens do César, que lhe concederiam, em Roma, pela primeira vez, os benefícios de uma prisão domiciliar com plena liberdade de ir e vir. Assim, após três anos de injusto encarceramento em Jerusalém e Cesareia, Paulo de Tarso voltaria a pregar livremente a doutrina do Cristo. Sua primeira iniciativa neste sentido se daria novamente junto dos seus irmãos de judaísmo instalados naquela Capital. De acordo com Lucas, mal descansando daquela quase mortal jornada pelo Mediterrâneo:

> Três dias após, convocou os principais dentre os judeus. Tendo eles comparecido, assim falou-lhes: "Meus irmãos, embora nada tenha feito contra nosso povo, nem contra os costumes dos nossos pais, desde Jerusalém vim preso e como tal fui entregue às mãos dos romanos. Tendo-me interrogado judicialmente, eles quiseram soltar-me, porque nada havia em mim que merecesse a morte. Como, porém, os judeus se opunham, fui constrangido a apelar para César, não porém como se tivesse algo de que acusar minha nação. Por esse motivo é que pedi para ver-vos e falar-vos, pois é por causa da esperança de Israel que estou carregado com esta corrente". (At 28,17-20).

A esperança a que Paulo se referia era a ressurreição do Espírito, dogma judaico que se tornara fato pela primeira vez na experiência de Jesus, e que ele testemunhara na Estrada de Damasco. E, porque vinha anunciando essa realidade espiritual nos últimos trinta anos, cumprindo a sua missão apostolar, finalmente ele conseguira chegar até aos seus irmãos de judaísmo instalados em Roma:

Eles, então, disseram-lhe: "Quanto a nós, não recebemos a teu respeito carta alguma da Judeia, e nenhum dos irmãos que aqui chegaram comunicou ou relatou algo de mal acerca de ti. Desejamos, porém, ouvir de tua boca o que pensas; porque, relativamente a esta seita, é de nosso conhecimento que ela encontra em toda parte contradição".

Marcaram um dia, pois, com ele e vieram em maior número encontrá-lo em seu alojamento. Ele lhes fez uma exposição, dando testemunho do Reino de Deus e procurando persuadi-los a respeito de Jesus, tanto pela Lei de Moisés quanto pelos Profetas. Isto desde a manhã até a tarde. Uns se deixaram persuadir pelo que ele dizia; outros, porém, recusavam-se a crer. Estando assim discordantes entre si, eles se despediram, enquanto Paulo dizia uma só palavra:

"Bem falou o Espírito Santo a vossos pais, por meio do profeta Isaías, quando disse:

Vai ter com este povo e dize-lhe: em vão escutareis, pois não compreendereis; em vão olhareis, pois não vereis. O coração deste povo embotou-se: com os ouvidos, ouviram mal e seus olhos tamparam;

para que não vejam com os olhos, nem ouçam com os ouvidos, e não entendam com o coração, nem se convertam, e eu não os cure!

Ficai, pois, cientes: aos gentios é enviada esta salvação de Deus. E eles a ouvirão". Tendo ele dito isto, os judeus foram-se, discutindo vivamente entre si. (At 28,21-29).

A história de Paulo de Tarso, segundo a narrativa de Lucas, é encerrada logo a seguir, quando o discípulo médico informa:

Paulo ficou dois anos inteiros na moradia que havia alugado. Recebia todos aqueles que vinham visitá-lo, proclamando o Reino de Deus e ensinando o que se refere ao Senhor Jesus Cristo com toda a intrepidez e sem impedimento. (At 28,30-31).

O médico e companheiro fiel do apóstolo, que

seguiu com ele os últimos vinte anos de sua vida, desde o encontro na sua primeira passagem pela cidade de Troia, até este momento decisivo em Roma, escreveria ainda sua segunda obra, o *Evangelho Segundo Lucas*, na qual registraria a vida e os atos de Jesus de Nazaré e a sua relação com os discípulos e o povo, tanto a partir do testemunho de seu mestre Paulo de Tarso como dos demais apóstolos do Senhor, com os quais se irmanara a partir dos encontros e das viagens que juntos realizaram.

Em 1941, o Espírito Emmanuel, na qualidade de historiador da vida e obra de Paulo de Tarso a partir dos registros bibliográficos do mundo espiritual, ditando o livro *Paulo e Estevão* pela psicografia do médium Chico Xavier, revelou que a comunidade cristã de Jerusalém foi constituída na Casa de Simão Pedro, onde os discípulos se reuniam para relembrarem os ensinos de Jesus valendo-se das "anotações de Levi", os registros deste publicano que se transformariam, no futuro, no Evangelho de Mateus, base de todos os demais Evangelhos e das Epístolas de Paulo.

Se a revelação espiritual já fosse admitida como recurso epistemológico acadêmico, essa obra do Espírito Emmanuel eliminaria todas as divergências entre os historiadores contemporâneos, principalmente os debates sobre qual dos quatro Evangelhos teria sido escrito em primeiro lugar, pois, como nos informou este autor, Mateus escrevia enquanto Jesus falava e agia.

No ano de 1996, o teólogo e historiador alemão Peter Carsten Tiede e o jornalista inglês Matthew Dancona, após criteriosa pesquisa científica, escreveram o livro *Testemunha Ocular de Jesus*, no qual demonstram, por meio de todos os recursos tecnológicos e de pesquisas arqueológicas e históricas, que o *Evangelho Segundo Mateus* é uma obra escrita a partir das anotações taquigrafadas que o coletor de impostos Levi fazia em tempo real, durante os três anos em que seguiu Jesus de Nazaré. Segundo esses pesquisadores, este livro constituiria, pois, o primeiro escrito testemunhal da filosofia e da doutrina de Mestre Nazareno.

Pelas datas em que as duas obras foram publicadas, o romance espírita *Paulo e Estevão,* de 1941, e o documentário *Testemunha Ocular de Jesus,* de 1996, constata-se que a revelação do Espírito Emmanuel sobre a primazia do *Evangelho Segundo Mateus* diante dos demais três Evangelhos e, inclusive, das Epístolas de Paulo deu-se 55 anos antes da pesquisa acadêmica, sendo, outrossim, integralmente comprovada por ela. Esta é uma síntese inédita entre Ciência e Religião que esclarece fatos sobre a vida e a obra de Jesus de Nazaré e dos seus primeiros discípulos.

A história do Cristianismo mostra que os relatos de Lucas sobre os últimos fatos da vida de Paulo de Tarso em Roma seriam complementados pelos testemunhos do filósofo e teólogo Clemente Romano, que vivera naquele mesmo século. Esses mesmos testemunhos, recepcionados por Jerônimo de Estridão, o autor da *Vulgata* (347-420 d.C.), João Crisóstomo de Antioquia e Agostinho de Hipona, todos filósofos e teólogos cristãos do Século IV d.C., seriam compilados na Idade Média por Jacomo Varazze, no livro *Legenda Aurea - Vida dos Santos*.

Assim, somados esses testemunhos históricos ao depoimento do Espírito Emmanuel no livro *Paulo e Estevão*, bem como de posse de todas as informações sobre a continuidade da vida após a morte do corpo, trazidas pelo Espiritismo por meio de Allan Kardec, temos um roteiro seguro, tanto para intuir os últimos passos do Apóstolo dos Gentios em Roma como para deduzir a sublime experiência no seu retorno para a verdadeira morada espiritual.

Sócrates, o velho filósofo ateniense, afirma que nenhuma investigação pode garantir, *a priori*, um encontro com a Verdade. No entanto, prosseguir buscando por ela é o dever que faz melhor um ser humano. A narrativa que se segue foi igualmente inspirada pelo Espírito Heráclito de Éfesus e tem exclusivamente esse objetivo.

Entristecido pela derradeira oportunidade desperdiçada por seus irmãos de judaísmo, que deixaram aquela sua singela morada em Roma desprezando, mais uma vez, o seu testemunho de amor ao Cristo ressuscitado, perdendo a oportunidade de conhecer o Messias prometido pela Lei e os Profetas da sua Nação, Paulo de Tarso chorou o destino do seu povo. Antevendo mediunicamente os anos de perseguição genocida que os massacraria naquela Capital Imperial e os futuros holocaustos suportados nos dois primeiros milênios daquele então nascente Cristianismo, o ex-rabino lamentava, profundamente, o insucesso daquela sua última tentativa de salvar os judeus para o Cristo Jesus, lembrando o duro, porém verdadeiro, ensino do Filósofo Nazareno: "Ninguém é Profeta na própria casa!".

A triste condição de vida dos cristãos de Roma se agravou sobremaneira com a posse de Nero Cláudio César Augusto. Finalmente conduzido a julgamento perante o imperador, o discípulo do Senhor formularia, pessoalmente, a sua irrepreensível defesa, sendo absolvido plenamente. No ano 64, porém, Nero, enlouquecido pela sua vaidosa sede de conquistar uma autoridade não gozada junto do seu povo, e desejando empreender uma grande reforma urbanística da metrópole para favorecer interesses financeiros de sua corrupta corte, iludido com uma capacidade artística da qual não era dotado, ordenou aos seus acólitos que ateassem fogo nos principais edifícios centrais da Capital do Império.

O criminoso incêndio, fugindo totalmente ao controle dos seus autores, dominou toda a parte central da urbe, destruindo não só os edifícios públicos, mas também suntuosas propriedades particulares. De toda a região central, apenas o grande circo foi poupado pelas chamas, uma vez que era rodeado por ampla área verde adornada como belíssima praça pública. Alastrando-se pela cidade, o incêndio alcançou as áreas periféricas, provocando um flagelo marcado na história tanto pelas mortes imediatas quanto por aquelas que, dentro em breve, o genocida ditador causaria numa frustrada tentativa de escamotear o seu inequívoco e criminoso dolo.

O Espiritismo de Allan Kardec já demonstrou que a loucura obsessional espiritual é uma constante na vida de grande parcela da população do Planeta, e Nero é um dos mais famosos representantes dessa realidade. Valendo-se da tibieza moral do vaidoso imperador, mais uma vez adentrou nossa história aquela legião espiritual inimiga do Cristo e propaladora da mentira, e que assediara Paulo de Tarso em toda a sua trajetória apostolar, tudo fazendo para impedir o trabalho de consolidação no mundo da Boa Nova trazida por Jesus de Nazaré.

Como todo déspota ignorante e impiedoso, Nero era cercado de administradores injustos e cruéis, os quais, assimilando com perfeição os vícios daquele hipócrita imperador, incrementaram ainda mais a sua loucura. Apesar de não se lhe poder imputar diretamente o hediondo crime, uma vez que se evadira da cidade na noite em que determinara o incêndio, o tirano sentia-se ameaçado de ser denunciado publicamente pela nobreza romana, se não os indenizasse pelas propriedades particulares destruídas e pelos enormes prejuízos que a sua insânia lhes causara.

Essa era a ocasião tão aguardada pelos Espíritos trevosos que espreitavam aquele triste momento da humanidade. Contando com a vaidade doentia do imperador, prontamente assopraram nos insanos ouvidos daquele tirano a mais eficiente e nefasta solução, sugerindo-lhe a imputação da culpa pelo criminoso incêndio aos desprezados cristãos. Assim, ao mesmo tempo que inventava uma falsa autoria de crime, eliminava aquele povo que, com a sua filosofia da humildade, denunciava os abusos daquela orgulhosa nobreza romana ferindo-lhes a consciência moral. Acolhendo por inteiro a hedionda sugestão, muito satisfeito, gritou o tresloucado imperador: – Morte aos cristãos!

Por isso, recentemente liberados para a justa

pregação da Boa Nova na Cidade Eterna, logo a seguir os apóstolos Pedro e Paulo foram brutalmente encarcerados pelos comparsas administradores de Nero, os quais, atendendo também aos ditames mentais daquela horda espiritual inimiga da Verdade, lançaram-se, com toda a força do Império, sobre aqueles indefesos cristãos e seus pacificadores líderes, dando início ao primeiro longo período de escuridão que cobriria de lágrimas a história dos seguidores de Jesus.

Uma festa de inauguração dos edifícios públicos fora prometida pelo imperador, quando, então, ele próprio iniciaria a vingança oficial contra os cristãos, após magnífica parada triunfal que marcaria a abertura do grande período de festas lascivas e dos espetáculos mortais realizados no circus maximus, poupado no incêndio, onde se promoviam nefandas atividades para distração das legiões de soldados, que ali saciavam a sua animalesca fome de sangue e de sexo.

Do interior de suas celas úmidas, Pedro e Paulo testemunhavam a mais absoluta falência moral daquela corte de iniquidades. À noite, eles recebiam, entristecidos, os gritos de seus irmãos, cujos corpos em chamas iluminavam os sorridentes rostos dos soldados romanos, agora transformados em cruéis prepostos encarnados daquela impiedosa e embrutecida legião espiritual, que lhes sequestrara totalmente a razão e os últimos elos com a humanidade. Nem mesmo os velhos ou as crianças eram poupados, mas, escarnecidos e seviciados até à morte, deliciavam os sentidos embrutecidos daquela obsidiada população.

Porém, a destruição urbanística superara todas as expectativas, e os construtores dos novos palácios imperiais lamentavam o alongado tempo que demandaria o fim da obras. Os líderes daqueles Espíritos prepostos da mentira não podiam correr o risco de se salvarem os dois principais inimigos da sua missão, permitindo o avanço do Cristianismo pelos domínios imperiais que contavam como sua propriedade. Por isso, acelerando o processo de genocídio dos cristãos, assopraram nos dementes ouvidos de Nero e de seus prepostos a ordem para a imediata execução dos líderes apóstolos de Jesus, no que foram prontamente atendidos.

Arrancados sob pesados ferros da imunda prisão onde eram severamente vigiados, os dois estandartes do Cristo foram arrastados lado a lado em direção às estradas em cujas margens eram executados os inimigos do Império, a Via Appia e a Via Ostiensis. Após caminharem um quilometro, alcançaram o Circus Maximus, palco escolhido por Tigelino, o chefe da guarda pretoriana de Nero em Roma, para o início das sinistras exibições dos espetáculos de horror contra os cristãos, agora transformados oficialmente em sentença de morte, e que, dentro de poucos anos, seriam realizados, com toda a pompa imperial, no impressionante Coliseu.

Os dois discípulos enfrentaram os seus últimos metros de caminhada conjunta em nome do Senhor com a dignidade própria das consciências pacificadas a lhes transbordar dos honrados semblantes. Pedro seria levado pela Via Appia, principal acesso dos estrangeiros em Roma e o local escolhido pelas autoridades para execução dos condenados à crucificação, propiciando horrendo espetáculo de exposição dos corpos durante vários dias, exemplificando o que aconteceria a quantos ousassem desafiar o Império do César. Em frente àquele palco dos horrores cristãos, despediram-se os dois mártires com fraternais votos de se reencontrarem dentro em breve, e, com as bênçãos do Pai, se dignos fossem, sob o amparo amoroso da presença do Espírito Jesus.

Poucos quilômetros além da Porta Appia, tendo alcançado o local das novas cruzes naquela que era a mais famosa das rotas romanas e chegado o seu momento extremo, recusando-se o velho pescador a ser sacrificado na mesma posição do seu divino Mestre, suplicou a crucificação de cabeça para baixo, no que foi atendido. Nessa ainda mais humilhante condição, o líder máximo dos cristãos enfrentou os seus últimos momentos de vida com os pés em direção aos Céus e a cabeça ainda na Terra, chorando o cruel destino naquela sangrenta Roma e o dos filhos que ele conquistara para o Senhor.

Paulo foi arrastado pela Porta Ostiensis até um dos inúmeros troncos alinhados às margens daquela estrada, onde eram executadas as sentenças de decapitação impostas aos cidadãos romanos e àqueles que se desejava rapidamente calar. Não fosse pelo odor insuportável, esse seria um belo lugar para se descansar de uma longa viagem e se recompor antes de uma entrada pomposa na metrópole dos césares, pois, margeando o Tibre, salgueiros frondosos balançavam, ao redor, seus alongados e delicados galhos à menor brisa que vinha do oceano. No entanto, os despojos cadavéricos lançados em vala comum a céu aberto, na várzea que separava a velha estrada e o famoso Rio, alertava os viajantes da violência com que Roma tratava os que a desafiavam.

A guarda romana e o Carrasco, que o arrastavam acorrentado, não compreendiam por que, desde que ficara sozinho naquele caminho que o conduzia para a sua derradeira tragédia, seguia o apóstolo estampando um manso sorriso nos lábios, apesar de ter ainda os olhos rasos d'água pelo testemunho da hedionda crueldade imposta aos seus irmãos naquele circo de iniquidades.

Nos poucos quilômetros em que fora obrigado a caminhar a partir da despedida do velho pescador da Galileia, o amado irmão que conquistara em Jerusalém, Paulo de Tarso rememorava os infinitos passos com que dezenas de vezes percorrera as elevadas trilhas do seu querido Tauro, em busca das cidades instaladas nos seus altivos planaltos. Lembrou os irmãos de Derbe, Listra, Hierápolis, Icônio e Antioquia da Pisídia. Uma lufada de vento que vinha do Mar Tirreno, adentrando pelo Tibre em direção à cidade, atingiu em cheio o seu rosto molhado de suor e lágrimas, fazendo-o lembrar o querido irmão Barnabé, que o levara confiante para a sua terra, o Chipre, onde conquistaram para o Cristo os primeiros patrícios romanos.

Quando os seus passos se fizeram ainda mais pesados, ele recordou a dura caminhada que cumpriu adoecido de corpo e Alma desde que, deixando aquela orgulhosa Atenas humilhado na sua vaidade intelectual, dirigiu-se para Corinto pela primeira vez, reencontrando corações amigos, e onde recebeu, num êxtase de fervorosas orações, nova visita do seu divino Mestre Jesus e Sua inspiração para escrever suas famosas e consoladoras epístolas, levando a Sua mensagem de amor para todas os povos enquanto se fortalecia para retornar à Jerusalém.

Ao lembrar-se da Cidade Santa, o seu coração, saudoso, foi tocado da maior felicidade, pois, embora tivesse nascido ali o pomo da discórdia sacerdotal que o prendera injustamente, e de onde partira acorrentado para aquela sua quarta e última jornada, que seria violentamente encerrada dentro de poucos passos, a Jerusalém dos seus lamentáveis erros farisaicos na perseguição dos cristãos, foi lá também que ele se formou homem de fé aos pés do bondoso mestre Gamaliel, do qual recebera os princípios morais e religiosos que permitiram a Jesus contar com ele, cumprindo integralmente o seu compromisso reencarnatório que agora findava.

Essas lembranças trouxeram ao apóstolo nova força de fé, e, ouvindo em seguida a ordem do centurião, que determinava imediata parada, caiu de joelhos surpreendentemente aliviado. Sob nova determinação do carrasco, ele se levantou cambaleante e caminhou mais alguns passos até à margem da estrada, lembrando-se de uma queda semelhante ao longo de outro pedregoso caminho. Numa consolação que lhe foi prestada por sua própria memória, o apóstolo, exausto, reviveu o primeiro encontro com aquele amoroso Espírito Jesus, que nunca mais o abandonou. Rememorou também a séria advertência que, então, o Mestre lhe fizera, quanto à necessidade de muito sofrer em Seu Nome, e sorriu como quem finalmente compreendeu a Verdade.

Com essa suave lembrança, e de joelhos em frente ao tronco do martírio, ele ergueu os olhos em direção do Mais Alto, deu graças e ofertou-se pacificado ao Cristo, descansando no madeiro a sua agora aliviada cabeça. Um executor de horripilante aspecto, segurando com ambas as mãos uma aterrorizante lâmina, pela primeira vez na sua vida subitamente vacilou. Impressionado com a altivez daquele homem, o carrasco se lembrou da admiração com que alguns de seus companheiros de guarda se referiam àquele famoso e inofensivo pregador, agora já também notável nos meios militares pelas inumeráveis curas e consolações que realizara nos seus irmãos de armas e familiares, sempre em nome de um ignorado Jesus, que ali também ele, naquele momento extremo, confessava amar.

Agora que ele o conhecera de perto, lamentava, o embrutecido homem, só ter vivido a violência dos ferros e o tempo desperdiçado nos jogos do circo e dos prazeres mundanos, fartamente distribuídos pelos imperadores entre os seus soldados, para que aquelas criaturas permanecessem escravas dos sentidos, dedicando integral fidelidade ao reino de um só homem. Diante do determinado profeta, que enfrentava sorridente a morte, o experiente carrasco viu-se subitamente privado de forças para cumprir o seu dever militar.

Paulo de Tarso, compadecido dessa criatura, garantindo-lhe que o Pai teria também a salvação para a sua Alma, uma vez que ele já se mostrava arrependido do ato que estava para praticar, recomendando que se entregasse, no restante da sua existência, aos cuidados do Senhor Jesus Cristo, estimulou o pobre homem para que cumprisse a sua obrigação, livrando-o da pena de morte por insubordinação, que incorreria ao desacatar a autoridade do César. Como consolação para aquela Alma arrependida, o apóstolo ainda teve disposição na Alma para repetir o seu mais elevado princípio filosófico, o qual já havia dedicado aos queridos irmãos de Filipos, amorosamente recomendando: "– Fica em Paz, meu irmão, pois para mim o viver é Cristo, e o morrer é lucro." (Fl 1,21).

No êxtase destas suas últimas palavras e deste derradeiro ato de caridade, o Espírito Paulo de Tarso imediatamente desprendeu-se do seu envelhecido e cansado corpo, constatando, pacificado, sua cabeça decepada rolar ensanguentada no solo. Com os olhos espirituais marejados de júbilo pelo martírio em nome do Cristo, o apóstolo experimentou, aliviado, as sensações da abrupta ruptura dos estreitos laços que prendiam o seu corpo espiritual à matéria corporal. A suprema emoção pelo inolvidável momento abalou, por breves instantes, a sua sempre firme determinação, e Paulo buscou pela sombra que um caridoso e prestimoso salgueiro lhe ofereceu e pelo descanso que uma pedra bondosamente lhe ofertou.

Com os braços apoiados sobre os joelhos, as mãos unidas nos dedos cruzados, tendo os olhos perdidos por entre os seus pés, ainda cansados de tanto caminho, o apóstolo, que nunca antes titubeara diante das mais desafiadoras estradas que o Cristo lhe apontou permanecia agora sem saber para onde ir, sozinho naquela beira de estrada. Nesse estado de íntimo reencontro com seu verdadeiro Eu, antes que a tristeza o alcançasse, o discípulo lembrou-se de que o seu Senhor, experimentando também a solitude e a dor naquele reconfortante Horto das Oliveiras, orou, e, orando também ele, agradecido, recebeu a cura imediata para os seus olhos igualmente cansados que vertiam lágrimas de íntima felicidade.

Mirando, enlevado, o solo empoeirado daquela agora já deserta estrada, sem saber qual rumo seguir, subitamente viu formarem-se dois reluzentes pés descalços que caminhavam tranquilamente em sua direção. Ergueu a cabeça mirando o rosto do peregrino que, subitamente, encheu-lhe a Alma de esperanças, mas a luz do sol poente, que caía por detrás dos seus ombros só lhe mostrou a silhueta dos cabelos longos. Resignado, viu aproximarem-se aqueles pés e, sentindo duas mãos calorosas pousarem mansamente sobre sua cabeça, experimentou os benefícios do jugo manso que o seu Senhor prometera a todos aqueles cansados, aflitos e oprimidos que até Ele caminhassem.

A autoridade celeste que os seus olhos espirituais, ainda molhados, não conseguiram vislumbrar, seus renovados ouvidos reconheceram, quando uma voz suave e familiar ecoou num doce convite, acompanhada de duas mãos compassivamente estendidas a amparar as suas, soerguendo-no para recebê-lo num terno abraço: "– Vem, Paulo, combatestes o bom combate, findastes a batalha, guardastes a Fé". Prendendo docemente os seus olhos e tocando-lhe os ombros, o Mestre Jesus acolhia o Seu discípulo num preito de sincera gratidão: "– Caminhemos, Paulo! Deixaste-me viver em tua vida! Vem agora viver em Mim!".

Tomando o rumo de volta naquela Via Ostiensis, os dois Espíritos, que já haviam percorrido juntos os caminhos romanos entre dois continentes, andaram ainda alguns passos sobre aquele solo pedregoso até naturalmente levitarem, estabelecendo um diálogo franco e amoroso, determinados na direção daquela esfumaçada Capital. Alinhando agora, lado a lado, os seus ombros, rapidamente alcançaram o alto daquele circo dos horrores, campo de batalha onde o discípulo receberia do Mestre sua primeira lição como Guia Espiritual da humanidade, pois logo ali seria testada a sua Fé no resgate das Almas que partiam do mundo desesperadas, e que uma sarcástica legião espiritual tentava sequestrar para as sua linhas de terror.

Mostrando ao apóstolo, numa última e derradeira lição, como o "Amor cobre a multidão dos pecados", orando ao Pai e impondo a sua irresistível força sobre aqueles Espíritos violentos, Jesus espalhou vigorosas ondas do divino sentimento naquela população angustiada, derramando naqueles corações aterrorizados a Sua protetora consolação. Acolhendo a multidão de Almas aflitas e entregando-as sob os cuidados da divina falange que O acompanhava, o divino Pedagogo mostrou a Paulo que o seu trabalho de orientação apostolar não cessaria com os limites do corpo, mas que se estenderia até que a Boa Nova do Cristo se instalasse em todas as Criaturas, inabalável, sobre a rocha da Caridade.

Conservando o Apóstolo das Gentes ao seu lado e abandonando a segurança das alturas, numa demonstração de inequívoca compaixão, Jesus desceu para o centro do palco daquelas tragédias, adentrando os torturantes porões do Circus Maximus e confortando aqueles corações angustiados com a

Sua presença bendita. Caminhando ambos à frente da multidão de Espíritos bondosos que os acompanhavam, o Mestre sustentava por sobre aquelas cabeças angustiadas a Sua mão protetora, ensinando ao discípulo como se distribui consolações e se recolhe para si toda dor e o desespero das criaturas, nelas imprimindo a mais potente força de esperança e de fé.

Tendo ministrado a sua magna lição de socorro às Almas desesperadas, Jesus convidou o Doutor das Gentes a iniciar o inevitável processo de revisão da sua experiência no mundo, a ser realizado diretamente no tribunal da própria consciência, antes de lhe atribuir, definitivamente, sua nova missão como orientador espiritual da humanidade. Indagado por onde desejava começar esse mergulho, o apóstolo manifestou o desejo de rever o campo onde travou suas mais significativas batalhas, sendo imediatamente conduzido pelo Mestre no caminho para Jerusalém.

Neste retorno, enquanto sobrevoavam as cidades percorridas por Paulo de Tarso avaliando os resultados íntimos das experiências ali vividas, o Mestre transmitia ao atento discípulo mais uma significativa lição de paciência e de humildade, lembrando que o trabalho de construção do Reino de Deus demandaria milênios, até a sua definitiva instalação no recôndito mais profundo de cada Ser. Sorridente, mostrava o Bom Jesus ao Apóstolo dos Povos que a sua missão do outro lado da vida consistiria em orientar e inspirar, pelo seu bom exemplo, os discípulos que ele próprio conquistara para o Senhor, a fim de que cada um e todos, sacrificando suas vaidades existenciais em benefício do semelhante, viessem a se unir ao Espírito do Cristo, afirmando o Evangelho do Senhor entre os seus humildes pequeninos e preservando, iluminado no mundo, o Caminho para a Verdade e para a Vida.

REFERÊNCIAS

ARENS, Eduardo. *Ásia menor nos tempos de Paulo, Lucas e João - aspectos sociais e econômicos para a compreensão do Novo Testamento*. São Paulo: Paulus, 1997. 212 p.

AUROBINDO, Shri. *Heraclito y oriente*. Buenos Aires: Editorial Leviatan, 1982. 117 p.

AUROBINDO, Shri. *La vie divine*. Sri Aurobindo Ashram Trust, 2005. 1153 p.

AUROBINDO, Shri. *Vida divina - uma visão da evolução espiritual da humanidade*. Tradução de Ayamani (Auroville - Índia). São Paulo: Editora Pensamento, 2018. 957 p.

BÍBLIA DE JERUSALÉM. Nova Edição, revista e ampliada. São Paulo: Paulus, 2002. 2206 p.

CARSTEN TIEDE, Peter e DANCONA, Matthew. *Teste-*

munha ocular de Jesus. Documentário Discovery Communications. Manaus, 1998.

DAMÁSIO, Antonio. *O erro de Descartes - emoção, razão e o cérebro humano*. Tradução de Dora Vicente e Georgina Segurado. São Paulo: Companhia das Letras, 2004.

DAWKINS, Richard. *Deus, um delírio*. São Paulo: Companhia das Letras, 2008. 520 p.

DOSTOIÉVSKI, Fiódor. *Duas narrativas fantásticas - o sonho de um homem ridículo*. Tradução de Vadim Nikitin. São Paulo: Editora 34, 2003. 125 p.

ELIADE, Mircea. *Yoga - imortalidade e liberdade*. Tradução de Teresa de Barros Velloso. Transliteração sânscrita de Lia Diskin. São Paulo: 2009. 398 p.

EUSÉBIO, de Cesaréia. *História eclesiástica - os primeiros quatro séculos da Igreja Cristã*. Tradução de Lucy Iamakami e Luis Aron de Macedo. Rio de Janeiro: CPAD, 1999. 415 p.

GANDHI, Mohandas K. *Gandhi - autobiografia - minha vida e minhas experiências com a verdade*. Tradução de Humberto Mariotti, João Roberto Moris, Luciana Franco Piva, Marcos Fávero Florence de Barros e Regina Maria Gomes de Proença. São Paulo: Palas Athena, 2010. 436 p.

GANDHI, Mohandas K. *Bhagavad-Gita segundo Gandhi*. Tradução de Norberto de Paula Lima. São Paulo: Ícone, 2008. 180 p.

GOSWAMI, Amit. *A física da alma - a explicação científica*

para a reencarnação, a imortalidade da alma e experiências de quase-morte. São Paulo: Aleph, 2008. 316 p.

GOURINAT, J.B e BARNES, J. (orgs). *Ler os estoicos.* Tradução de Paula S. R. C. Silva. São Paulo: Edições Loyola, 2009. 269 p.

GIOIA, Francesco. *Paolo Apostolo.* Roma: Libreria Editrice Vaticana, 2004. 60 p.

GIOIA, Francesco. *"Nous sommes un seul corps" - Le message de Paul dan un monde divisé.* Roma: Libreria Editrice Vaticana, 2004. 110 p.

KANT, Immanuel. *A religião nos limites da Pura Razão.* Tradução de Artur Morão. Lisboa: Edições 70, 1992. 210 p.

KANT, Immanuel. *Metafísica dos costumes - Parte II - princípios metafísicos da doutrina da virtude.* Tradução de Artur Morão. Lisboa, 2004. 150 p.

KANT, Immanuel. *Crítica da razão prática.* Edição bilingue. Tradução, introdução e notas de Valério Rohden. São Paulo: Martins Fontes, 2003. 620 p.

KARDEC, Allan. *O Livro dos Espíritos.* Rio de Janeiro: FEB, 1944. 494 p.

KARDEC, Allan. *O Evangelho Segundo o Espiritismo.* Rio de Janeiro: FEB, 1944. 435 p.

KARDEC, Allan. *O Livro dos Médiuns.* São Paulo: LAKE, 1999. 352 p.

KARDEC, Allan. *Revista espírita - jornal de estudos psicológicos.* Rio de Janeiro: FEB, 2004. 535 p.

KENNY, Anthony. *História concisa da filosofia ocidental.* Tradução Desidério Murcho, Fernando Martinho, Maria José Figueiredo, Pedro Santos e Rui Cabral. Lisboa: Temas e Debates, 1999. 460 p.

MIRANDA, Hermínio C. *As Marcas do Cristo.* Rio de Janeiro: FEB, 1974. Volume I, 253 p. Volume II, 283 p.

MORAES, Dax. *O logos em Fílon de Alexandria: a fronteira entre o pensamento grego e o pensamento cristão nas origens da teologia bíblica.* Natal: EDUFRN, 2017. 257 p. <repositório.ufrn.br>.

NIETZSCHE, Friedrich. *Genealogia da moral - uma polêmica.* Tradução, notas e posfácio de Paulo César de Souza. São Paulo: Companhia das Letras, 2005. 180 p.

ORÍGENES. *Contra Celso.* Tradução Orlando dos Reis. São Paulo: Paulus, 2004. 688 p.

OS PRÉ-SOCRÁTICOS. *Fragmentos, doxografia e comentários.* São Paulo: Nova Cultural, 2004. Coleção *Os Pensadores.* 320 p.

PLATÃO. *Vida e obra.* São Paulo: Nova Cultural, 2004. Coleção *Os Pensadores.* 191 p.

PLATÃO. *Mênon.* Texto estabelecido e anotado por John Burnet. Tradução de Maura Iglésias. São Paulo: PucRio e Edições Loyola, 2003.117 p.

PRABHUPĀDA, Swami. *Bhagavad-Gita como ele é.* São Paulo: The Bhaktivedenta Book Trust, 2008. 903 p.

REALE, Giovanni/ANTISERI, Dario. *História da Filosofia*, Vol. I. São Paulo: Paulus, 1990. 711 p.

RENAN, Ernest. *Paulo - o décimo terceiro apóstolo*. Tradução de Tomás da Fonseca. São Paulo: Martin Claret, 2003. 495 p.

ROHDEN, Huberto. *Paulo de Tarso - o maior bandeirante do evangelho*. São Paulo: Martin Claret, 2003. 396 p.

SILVA, Semíramis Corsi. *Memórias em torno de Apolônio de Tiana: feiticeiro, homem divino e rival de Jesus Cristo*. Revista Antíteses, vol. 11, n. 21, p. 368-389, jan./jun. 2018. 389 p.

SÓCRATES. *Vida e obra*. São Paulo: Nova Cultural, 2004. Coleção *Os Pensadores*. 287 p.

VARAZZE, Jacopo. *Legenda Áurea - vida dos santos*. São Paulo: Companhia das Letras, 2003. 1059 p.

XAVIER, Francisco Cândido. *Boa Nova*. Rio de Janeiro: FEB, 2010. 286 p.

XAVIER, Francisco Cândido. *Paulo e Estevão*. Rio de Janeiro: FEB, 2019. 510 p.

WRIGHT, Nicholas Thomas. *Paulo, novas perspectivas*. Tradução de Joshuah de Bragança Soares. São Paulo: Edições Loyola, 2009. 230 p.

IDE | Livro com propósito

No ano de 1963, Francisco Cândido Xavier ofereceu a um grupo de voluntários o entusiasmo e a tarefa de fundarem um periódico para divulgação do Espiritismo. Nascia, então, o Instituto de Difusão Espírita - IDE, cujos nome e sigla foram também sugeridos por ele.

Assim, com a ajuda de muitas pessoas e da espiritualidade, o Instituto de Difusão Espírita se tornou uma entidade de utilidade pública, assistencial e sem fins lucrativos, fiel à sua finalidade de divulgar a Doutrina Espírita, por meio de livros, estudo e auxílio (material e espiritual).

Tendo como foco principal as obras básicas de Allan Kardec, a preços populares, a IDE Editora possui cerca de 300 títulos, muitos psicografados por Chico Xavier, chegando a todo o Brasil e em várias partes do mundo.

Agora, na era digital, a IDE Editora foi a pioneira em disponibilizar, para download, as obras da Codificação, em português e espanhol, gratuitamente em seu site: ideeditora.com.br.

Além da editora, o Instituto de Difusão Espírita também se desenvolveu em outras frentes de trabalho, tanto voltadas à assistência e promoção social, como o acolhimento de pessoas em situação de rua (albergue), alimentação às famílias em momento de vulnerabilidade social, quanto aos trabalhos de evangelização infantil, mocidade espírita, artes, cursos doutrinários e assistência espiritual (passes).

Ao adquirir um livro da IDE Editora, você estará colaborando com a divulgação do Espiritismo e com os trabalhos assistenciais do Instituto.

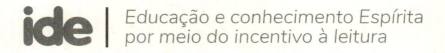

Educação e conhecimento Espírita por meio do incentivo à leitura

Pratique o "Evangelho no Lar"

Aponte a câmera do celular e faça download do roteiro do **Evangelho no lar**

idelivraria.com.br

Ide editora é nome fantasia do Instituto de Difusão Espírita, entidade sem fins lucrativos.

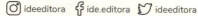 ideeditora   ide.editora   ideeditora